rowohlt repertoire
macht Bücher wieder zugänglich,
die bislang vergriffen waren.

Freuen Sie sich auf besondere Entdeckungen
und das Wiedersehen mit Lieblingsbüchern.

Alle **rowohlt repertoire** Titel finden Sie auf
www.rowohlt.de/repertoire

Rechtschreibung und Redaktionsstand dieses Buches
entsprechen einer früher lieferbaren Ausgabe.

Veröffentlicht im Rowohlt Verlag, Reinbek bei Hamburg

Umschlaggestaltung Anzinger und Rasp, München
Druck und Bindung BoD - Books on Demand GmbH,
Bad Hersfeld
ISBN 978-3-688-10947-0

rowohlt repertoire

Der Autor

Jürgen von der Lippe wurde 1948 im Lipperland geboren, genau gesagt in Bad Salzuflen. Das liegt bekanntermaßen an dem Flüßchen Lippe, und von diesem wiederum lieh er sich seinen Künstlernamen. In seiner Geburtsurkunde steht als Name Jürgen Dohrenkamp, aber unter diesem Namen kennt ihn heute höchstens noch das Finanzamt. Schon während seines (irgendwann abgebrochenen) Lehrerstudiums begann Jürgen von der Lippe mit den Berliner «Gebrüdern Blattschuß» seine Karriere als Liedermacher und «Blödelbarde». Als solcher entzückte er bald auch die Hörer von RIAS und WDR. Jürgen von der Lippes TV-Karriere verlief in stürmischen Schritten: Zunächst als Hausmeister im WWF-Club (Regionalfernsehen WDR), dann als Moderator in «So isses» (WDR, SWF, HR) verschaffte er sich ein Fanpublikum, das nach Millionen zählt. Den endgültigen Durchbruch zu einem der beliebtesten TV-Entertainer schaffte er dann mit der sechsmal jährlich ausgestrahlten Unterhaltungssendung «Donnerlippchen», mit der er pro Show bis zu 16 Millionen Zuschauer erreicht.

Heute lebt Jürgen von der Lippe in Köln, nahe bei seinem «Heimatsender» WDR.

Über seine Figur Hubert Lippenblüter, die er auf seinen zahlreichen Tourneen und bei Rundfunkauftritten ständig zu Wort kommen läßt, sagt Jürgen von der Lippe: «Hubert Lippenblüter ist keiner, über den man lacht, jedenfalls nicht ausschließlich. Genausooft lacht man mit ihm, wenn er mal gewinnt, und leidet mit ihm, wenn er mal wieder in irgendeines der zahlreichen bereitstehenden Fettnäpfchen tritt, selbstverständlich immer mit viel Herz. Die Dummen sind am Schluß immer die Leute mit den Vorurteilen, und zu denen gehört er oft genug selber.

In jedem Fall erkennt man sich merkwürdig oft wieder – und kann über sich lachen. Hoffentlich! In diesem Sinne, wie Hubert zu sagen pflegt.»

Rowohlt Verlag GmbH, Kirchenallee 19, 20099 Hamburg

Kontaktadresse nach EU-Produktsicherheitsverordnung:
produktsicherheit@rowohlt.de

Jürgen von der Lippe

In diesem Sinne, Ihr Hubert Lippenblüter

Erlebnisse
eines Junggesellen

rororo

Rowohlt

rororo tomate
herausgegeben von Klaus Waller

46.–55. Tausend Februar 1988

Originalausgabe
Veröffentlicht im Rowohlt Taschenbuch Verlag GmbH,
Reinbek bei Hamburg, Januar 1987

Umschlagentwurf Erich Rauschenbach
Satz Bembo (Linotron 202)
Gesamtherstellung Clausen & Bosse, Leck
Printed in Germany
580-ISBN 3 499 15859 0

Warnung!

Das vorliegende Werk bedient sich einer wenn auch nur leicht, aber doch unübersehbar mundartlich gefärbten Umgangssprache. Zu diesem Zweck sah ich mich gezwungen, das hierzulande geltende strenge Recht bezüglich Orthographie, Grammatik und Interpunktion vorübergehend außer Kraft zu setzen.

Das Büchlein sollte deshalb unter keinen Umständen Kindern und Jugendlichen mit unvollständiger Schulreife zugänglich gemacht werden.

Wer die vorliegenden Geschichten im kleinen Kreise selbst vortragen möchte, sollte dies phonetisch korrekt, das heißt im sauerländischen Idiom tun. Als Schulungsmaterial empfiehlt der Verfasser den Besuch einer seiner Konzertveranstaltungen oder den Erwerb möglichst aller auf dem Markt befindlichen Langspielplatten. Unter Umständen, aber nur im äußersten Notfall, mag die Erinnerung an unseren unvergessenen Bundespräsidenten Dr. Heinrich Lübke hilfreich sein, der ja bekanntlich ein Wunderkind war. Er konnte mit fünf Jahren schon so sprechen wie später als Bundespräsident.

In diesem Sinne

Hubert Lippenblüter und die Kindstaufe

Ich war letztens wieder in Paderborn, da ist ja mein Bruder so unglücklich verheiratet. Schopenhauer hat einmal gesagt, Heiraten heißt, dat Mögliche tun, um einander zum Ekel zu werden. Damit muß er meine Schwägerin gemeint haben. Da ist ja jetzt auch dat zweite Kind angekommen, und da war ich jetzt Taufpate. Ich meine, ich hab mich nicht drum gerissen, aber bei dem ersten Kind war der Bruder von meiner Schwägerin Taufpate, und bei diesem Kind, hat unsere Mutter gesagt, wäre unsere Linie wieder dran. Nur Arbeit! Dat fing schon mit dem schwarzen Anzug an. Den mußte ich mir von Husemanns Willi leihen, der dat Sportgeschäft hat, und dann mußte ich den noch inne Reinigung bringen, weil da noch die ganzen Eierlikörflecken draufwaren, vonne Beerdigung von Tante Annemarie, und bis ich den überhaupt erst mal hatte! Sagt Husemanns Willi, nicht, dat mir dat nachher so geht, wie meinem Vater, da kam auch mal ein Bekannter an und fragte, kannst du mir nicht den schwarzen Anzug leihen für die Beerdigung von meinem Onkel? Und wie er dann nach 'nem Jahr mal nachfragte, wat denn mit dem schwarzen Anzug wär, sagte der, wieso, der war doch für den Onkel!

Nun war dat ja in diesem Falle etwas anderes, aber dann: Geschenk, auch so'n Punkt. Man kann ja nicht mit leere Hände nach so einem Täufling kommen. Et war ein Junge und wegen dieses Geschlechtes dachte ich natürlich erst mal an was Technisches. Chemiebaukasten, oder so. Aber dat war mir zu teuer, ich hab dann meinen Bruder angerufen. Ja, meint er, sie bräuchten wohl eine neue elektrische Kaffeemaschine. Ich sag, wat, Kaffeemaschine, dat Kind trinkt doch noch gar keinen Kaffee in dem Alter! Steckte natürlich meine Schwägerin dahinter, und der werd ich noch gerade die Faulheit stärken!

Ich habe dann unsere Mutter gefragt. Ja, meint se, bei uns war dat üblich, dat man zu diesem Anlaß eine Bibel mit Familienchronik schenkt. Kann ja so'n Kind so unmittelbar auch nix mit anfangen. Aber meine Schwägerin auch nicht! Hab ich die Bibel genommen. Aber meine Schwägerin hatte sooo'ne Flappe. Aber der alte Pastor, der hatte eine Freude! Sagt er, wo gibt et dat denn heute noch, dat ein Taufpate seine schwere Verantwortung so ernst nimmt! Der war ganz fertig, der Mann.

Na ja, und dann standen wir alle inne Kapelle um dieset Waschbecken rum, und Taufpatin war ja die Mutter von meine Schwägerin, eine ganz reizende ältere Dame, schon 73, aber gar kein Vergleich. Und auf einmal drückt se mir dat Kind inne Hand und sagt, Hubert, nimm du ihn, ich kann ihn nicht mehr halten, mir sind gerade beim Beten die Hände eingeschlafen! Und ich steh da mit dem Kind, dat ist am Zappeln und am Schreien, ich hatte ihn auch wohl etwas unglücklich zwischen de Beinchen oder wat, der alte Pastor holt mit dem Gießkännchen viel zu weit aus, dat ganze Kind war voll, ich noch wat abgekriegt, furchtbar!

Ich war froh, wie wir nachher bei meinem Bruder zu Hause waren, Kaffeetrinken. Nun hatte ich ja schon dat Schlimmste befürchtet, nämlich dat meine Schwägerin selber bäckt. Der ihre Rhodonkuchen sind ja in ganz Ostwestfalen berüchtigt! Nun hatte aber ein gnädiger Schutzengel einen Kurzschluß in diesen Backofen gemacht, und so gab et denn richtigen Kuchen, vom Bäcker.

Ich will gerade in die Stachelbeertorte reinhauen, da steht der Pastor auf und hält 'ne Rede! Ja, 'ne halbe Stunde hat er sich aber drangehalten! Und wie er so gerade im schönsten Schwunge war und sagt, und wie denn die äußeren Zeichen des Abendmahles sind Brot und Wein, so sind denn die äußeren Zeichen der Taufe ... Da sag ich ganz laut, Kaffee und Kuchen!

Ich glaube, der hätte mich auffe Stelle exkommuniziert, wenn ich nicht noch so'nen Stein im Brett gehabt hätte, vonne Bibel! Mein Bruder und ich, wir haben ihm dann später immer heimlich Weinbrand in seinen Kaffee getan, dat hat er gar nicht gemerkt! War er nur immer dran, kann ich wohl noch ein Täßchen haben? Na, so 12 Dinger hat er sich aber reingeschnubbelt! Und dann saß er da, Nase wie'n Himbeerlutscher und hatte ein Späßken! War er am Singen, bis früh um fünfe, kleine Maus, halleluja! Und meine Schwägerin war sauer! Sagt se, mit Kaffeemaschine ging dat ja auch alles schneller! Oh, dat hat er aber gehört, unser Pastor, zieht sich so am Tischtuch hoch und donnert, wie spricht der Herr, im Schweiße eures Angesichtes sollt ihr euren Kaffee kochen! Na ja, er ist dann bald gegangen, mußte wohl noch eine Predigt vorbereiten, und so waren wir nur noch zu dritt, Kinder waren ja auch schon schlafen, und da haben wir Monopoly gespielt. Da ist mir meine Schwägerin dreimal auffe Schloßallee gelatscht! Am Ende mit Hotel, da war se kaputt! Und so war et doch noch eine schöne Taufe. In diesem Sinne.

Hubert Lippenblüter und die Tierwelt

Letztens steh ich wieder mit Husemanns Willi, der dat Sportgeschäft hat, und Beckmanns Jupp aus'n Kegelklub im Kühlen Grund anne Theke, wir hatten auch wieder ordentlich die Lampen an, und da kommt man ja leicht ins Philosophieren.

Ameisen, sagt Beckmanns Jupp plötzlich, Ameisen, die schleppen Holzstücke, die 50mal schwerer sind, wie se selber. Wat lernt uns dat? Ich sag, höchstens, dat die keine Gewerkschaft haben. Ach, sagt er, du immer mit deine Politik, dabei können wir ausse Tierwelt so viel lernen. Nimm nur mal diese Spinnen, wo dat Weibchen dem Männchen nach der Hochzeit den Kopf abbeißt. Nun muß man wissen, dat Beckmanns Jupp seit 15 Jahren mit so einem richtigen Besen verheiratet ist, da wird man natürlich ein bißchen wunderlich mit der Zeit; er blüht auch immer richtig auf, wenn wir zwei altgedienten Junggesellen mal einen mit ihm heben, wir nehmen ihn dann immer 'n bißken hoch, dat merkt er gar nicht, ich sag also, Jupp, du hast ja ganz recht, ist dir aber auch schon mal aufgefallen, dat dat Männchen inne Tierwelt immer viel schöner ist, als das Weibchen? Der Hahn, der Pfau, oder der Löwe, dat ist doch alles gar kein Vergleich. Und ich komm so richtig in Schwung und merke gar nicht, dat sich von hinten Fräulein Liesenkötter, die Lehrerin von nebenan, auch ledig, angeschlichen hat und ganz aufmerksam zuhört.

Wie ich dat merke, kriege ich gleich ein Schweißausbruch, weil ich ja weiß, wat jetzt wieder kommen muß. Und et kommt. Dat war ja alles sehr interessant, Herr Lippenblüter, sagt se, aber jetzt verraten Sie mir doch mal, was uns dat lernen soll, wie sie immer so schön sagen, oder wollen Sie etwa behaupten, daß beim Menschen das Männchen auch schöner und prächtiger ist? Da lach ich aber. Ich sage, lachen Sie nur, liebes Fräulein Liesenkötter, Sie als Lehrerin wissen doch sicher, dat dat männliche Gehirn zum Beispiel größer ist, als dat weibliche, wat sagen Sie denn dazu? Dazu sage ich, sagt se, dat man daran sehr deutlich sieht, dat et nicht auf die Größe ankommt, Herr Lippenblüter.

Die beiden anderen lachen sich kaputt, und gerade Husemanns Willi, der hat et ja nun nötig, aber egal, ich sage nur, Fräulein Liesenkötter, ich möchte ja nicht wissen, wat die Kinder bei einer Lehrerin lernen, die sich wissenschaftlichen Erkenntnissen gegenüber taub und blind stellt, im 20. Jahrhundert. Sagt se, Herr Lippenblüter, dat ist ja wat ganz Neues, dat Sie sich plötzlich für Kinder interessieren, ich denke, Sie haben wat gegen Ehe und Familie? Wieso eigentlich, dat wollte ich Sie immer schon mal fragen. Ich hole gerade Luft für einen gesalzenen Vortrag, habe dat Bierglas noch am Mund, mischt sich Beckmanns Jupp ein, ausgerechnet der alte Eheknüppel, meint, er müßte auch wat sagen. Sagt er: Der Starke ist am mächtigsten allein! Fräulein Liesenkötter grinst ihn an und sagt, nicht nur der Starke, Herr Beckmann, auch der Pantoffelheld! Also Husemanns Willi und ich, wir haben ja geschrien vor Lachen, und gerade, wo ausgerechnet in diesem Moment Jupps Frau zur Türe reingerauscht kommt, so eine richtige Butterregistertonne, und donnert, Josef, et ist Zeit!

Also in solchen Momenten kann und will ich Fräulein Liesenkötter meinen Respekt nicht versagen, Mutterwitz hat se, ich war schon fast so weit, ihr einen auszugeben, und frage ganz freundlich, Fräulein Liesenkötter, haben Sie nicht manchmal dat Bedürfnis, ein Mann zu sein? Nee, sagt se, Sie denn? Husemanns Willi, der Idiot, verschluckt sich vor Lachen, ich hab ihr natürlich keinen ausgegeben, wat zuviel ist, ist zuviel, se zog dann auch ab, und wir haben dann zwei Doppelkorn lang stumm anne Theke gesessen. Auf einmal sagt Husemanns Willi, also dat Fräulein Liesenkötter, alle Achtung, die ist ja nicht aufn Mund gefallen. Manchmal könnt die mir richtig gefallen. Ich hab gar nichts gesagt, weil mir gefällt se ja auch, aber ich bin eben nicht der Typ, der seine geheimsten Wünsche jedem Penner auffe Nase bindet.

Na ja, dann ham wer noch überlegt, wat se nun den Kindern wirklich beibringt, ist ja heutzutage sicher nicht ganz einfach für so'n Lehrer, früher konnten die noch mit der Geschichte landen, wie der erste Mensch entstanden ist, heut wollen die Kinder davon ja gar nix mehr hören, die interessiert viel mehr, wie der dritte Mensch entstanden ist, aber dat wird Fräulien Liesenkötter ihnen ja sicher erklären können, dazu ist se bestimmt Manns genug. In diesem Sinne.

Hubert Lippenblüter und der Ladendiebstahl

Ich weiß nich, ob Sie sich jemals klargemacht haben, dat die 10 Gebote relativ sind, mir geht dat jedenfalls so, dat mir manchmal, so an bestimmten Tagen, die ganze Ethik durcheinanderkommt. Dat heißt, alles, wat man so als Kind eingebimst gekriegt hat und wat eigentlich im Stahlbad eines langen Postbeamtendaseins erhärtet sein sollte, ist plötzlich am Schwanken und am Bröckeln. Letztens zum Beispiel: Gegenüber von meiner Post ist doch so ein Supermarkt. Die Dinger kennen Sie ja, draußen hängt immer ein Haufen Plakate mit Sonderangeboten, dafür sind die anderen Sachen dann alle etwas teurer.

Ich brauchte jedenfalls nur fettarme Milch, Magerjoghurt und ein Fläschchen Doppelkorn, und steh mit meine drei Brocken schon anne Kasse, bezahl auch, geh durch und fang an einzupacken, sind da hinter mir so zwei Mädels, 14 oder 15, so genau guck ich da ja nich, die eine war wohl blond, hatte so nette Sommersprossen und so einen Strampelanzug an, wie die Blagen dat heute ja alle haben, und die andere hatte ganz kurze rote Haare und war enorm entwickelt für ihr Alter, also wat man so beim flüchtigen Hinsehen sehen konnte. Also genau weiß ich nun auch nicht mehr, wat da jetzt war, ich krieg nur mit, wie eine Kundin, so eine widerliche alte Schachtel, die sah aber wirklich genauso aus, wie man sich eine Hexe vorstellt, da fehlte nur noch die Katze auffe Schulter, wie die Alte also nun der Kassiererin wat zutuschelt und dabei auf dat erste Mädelchen zeigt. Die Verkäuferin, haargenau derselbe Typ, wie die andere, die war auch bei mir schon so unfreundlich gewesen, sagt se zu dem Mädelchen, laß mich doch mal in deine Handtasche gucken und packt aber im selben Moment auch schon hin. Die nich faul, reißt sich los, will durch die Kasse durch, muß aber an mir vorbei, und ich steh da ja noch mitten im Weg und bin am Packen. Die Verkäuferin ist am Schreien, als ob se einer abstechen wollte: Herr Schneider, Herr Schneider; da kommt auch schon von links so einer im weißen Kittel und mit Nickelbrille angeschossen, tja, wat hätten Sie getan?

Dat Mädelchen guckt mich an, mit so ein Blick, wie ein Reh immer guckt, im Kino, wenn die Armbrust des Jägers ihm schon im Herzen steckt, oder so ähnlich, dat hamse sicher alle schon mal gesehen, wenigstens im Kino. Jedenfalls so guckte die und ich mach schön einen Schritt zur Seite, so dat se rausflutschen kann, gleichzeitig steck ich aber auch die Hüfte so'n bißken raus, dat mir Herr Schneider volle Möhre dagegenläuft, etwas Zufall war nun allerdings wirklich auch dabei, jedenfalls fliegt mir die Magermilchtüte in hohen Bogen ausse Hand, durch den halben Laden und geht natürlich kaputt.

Dat Mädelchen war längst glücklich ausse Türe raus, und ich hatte Späßken und fing an zu zetern, wegen meine Milchtüte. Nun war da ja noch dat andere Mädchen, und die blieb ganz ruhig stehen, als wenn gar nix wär und legt dat Eis, wat se da hat, ganz ruhig auf die Kasse und will bezahlen, und die alten Weiber sind alle am Keifen, vonwegen verdorbene Jugend, einsperren und unter Adolf wär dat nich gewesen und all die Sprüche. Und die Verkäuferin fällt über se her, wo se wohnt und wie se hieß, und vor allem wie die Freundin hieß, und wie se nun auch ihre Handtasche aufmachen soll, bleibt die ganz ruhig und sagt, wat wollen Sie, ich kenn die gar nicht, also die andere, der ich praktisch die Freiheit geschenkt hatte, und dat et überhaupt eine Unverschämtheit wäre, und ihr Eis könnten sie sich vors Knie nageln. Und hocherhobenen Hauptes stolziert se raus.

Die alten Weiber hätten Sie mal erleben sollen, die kriegten sich gar nicht mehr ein, und dann quatschte die,

die die eine verpfiffen hatte, mich noch an, fragt se, ob ich dat nich auch skandalös fände, und die Jugend überhaupt. Ich sag, Sie tun grad so, als ob dat ihr Laden wäre. Diese Supermärkte, sag ich, ziehn uns doch weiß Gott genug Geld ausse Tasche, und Sie machen noch den Büttel. Ich sag, die kalkulieren dat doch ein, dat geklaut wird, so wie die die Bömskes schon hinlegen, damit auch ja die Zweijährigen schön bequem drankommen. Da guckt die Alte mich an, als wär ich King Kong.

Wie ich rauskomm, stehen doch an der nächsten Ecke die beiden Mädels und feixen. Ich sag, schämt ihr euch eigentlich gar nicht, einfach klauen, dat is doch wohl keine Art. Und da sagt die mitte Rehaugen, statt nun zu sagen, Sie haben ja ganz Recht, Herr Lippenblüter, war trotzdem sehr kumpelig, dat Sie mir dat Leben gerettet haben, sagt die doch glatt: Ist dat vielleicht dein Laden, Opa, spul dich bloß nich auf. Sehense, und deshalb sagte ich anfangs, finde ich manchmal die 10 Gebote relativ. In diesem Sinne.

Hubert Lippenblüter und die U-Bahn

Also mich fragt ja keiner, aber dat sind die Leute selbst in Schuld, dat se sich unnötig Arbeit machen, diese ganzen Psychologen. Da gibt's ja jede Menge von, bei der Berufsberatung, für die Kinder inne Schule, anne Universität, bei der Bundeswehr, jeder Betrieb hat einen, und die haben den ganzen Tag nichts anderes zu tun, als festzustellen, ob man geeignet ist, und wenn nein, warum nicht und wofür denn sonst. Da machen die die kompliziertesten Sachen, so Tests, wo se einem irgendwelches Gekrakel zeigen und fragen, ob man sich da vielleicht etwas Unanständiges vorstellen könnte. Ja, wat soll man da sagen? Sagt man, sicher doch, ist man ein Ferkel und kommt für den Beruf eines Weihbischofs schon gleich nicht in Frage, sagt man nein, ist man ein Lügner. Unfair sowat. Dat wäre alles überhaupt nicht nötig, wenn in Zukunft der sogenannte Lippenblütersche Eignungstest verwendet würde.

Aber ich muß wohl etwas weiter ausholen, damit Sie mir überhaupt folgen können. Wir haben doch unseren letzten Ausflug vom Kegelclub aus, den haben wir doch nach Berlin gemacht. Da muß ich ihnen sowieso noch ein paar Amoröllchen erzählen, mein lieber Vater, dat ist ja eine aufregende Stadt, aber dat erzähle ich Ihnen dann ein andermal. Worauf ich hinauswollte, ist die U-Bahn. Ich weiß nicht, ob Sie so was kennen, Sie müssen sich dat so vorstellen, wie wenn man eine elektrische Eisenbahn bei sich zu Haus im Keller aufgebaut hätte, nur viel, viel größer. Und da gibt et natürlich auch entsprechend geschultes Personal. Wenn nun so ein U-Bahnzug angesaust kommt und steht, dann brüllt der Stationsvorsteher z. B. Zoologischer Garten, Anschluß in Richtung Ruhleben oder Schlesisches Tor und wie se alle heißen, die ganzen Stationen. Und nun strömen also die Fahrgäste aus den Waggons heraus bzw. hinein. Dann geht dat dem Stationsvorsteher aber nich flott genug, und er brüllt in sein Mikrophon: «Einsteigen, einsteigen», und dann gibt er den Leuten noch 10 Sekunden Zeit und dann schreit er ganz laut: «Richtung Steglitz zurückbleiben, zurückbleiben.» Dann schließen automatisch die Türen vonne U-Bahn. Nun ist aber die Zeitspanne zwischen dem «Einsteigen» und dem «Zurückbleiben» nicht immer gleich lang, dat heißt, die zehn Sekunden können auch schon mal 15 sein, oder 8, dat richtet sich nach der Gutmütigkeit des Stationsvorstehers, also dat weiß vorher keiner, und darauf beruht der Lippenblütersche Eignungstest.

Ich habe nämlich stundenlang da gesessen und mir angeguckt, wie die Leute sich in dieser ungewissen Zeitspanne verhalten. Ich meine natürlich nicht die, die da schon vor der Türe stehen, sondern die, die bei dem Wort «Einsteigen» gerade die Treppe runtergerannt kommen und jetzt noch einen Spurt von ungefähr 50 Metern vor sich haben. Und dat Verhalten auf diesen 50 Metern gibt zuverlässig Auskunft über die gesamte Einstellung zum Leben.

Da gibt es also die, die kraftvoll losbrausen, bei «Zurückbleiben» kurz vorm Ziel sind, einen mächtigen Sprung machen – und dann knallen se entweder vor die Tür, die ja schon fast zu ist, oder se kriegen eine Schulter dazwischengezwängt, und dann können se den Rest vom Körper entweder sofort, oder aber bei der nächsten Station ebenfalls ins Wageninnere ziehen. Dat ist der Typ Mensch, der unbedingt an sein Ziel will, egal, wie bescheuert er dabei unter Umständen aussieht. Dat ist der, der in Amerika erst Tellerwäscher und dann Millionär wird. Oder umgekehrt, weil er sich verspekuliert hat.

Dann gibt et den, der zwar auch läuft. aber so verhalten, so irgendwie, als wär er fest davon überzeugt, dat er et sowieso nicht schafft, und selbstverständlich ist die Tür dann zu, aber er tut sich wenigstens nicht weh dabei. Dat ist der Typ «geborener Verlierer», wo die Bücher ausse Leihbücherei immer von handeln. Diese Leute sind sehr vielseitig verwendbar, weil se immer zuvorkommend sind, und immer Mitleid erwecken, und dat ist eine der schönsten und edelsten menschlichen Regungen und wird an Aufrichtigkeit nur noch von der Schadenfreude übertroffen. Allerdings sind diese Typen weniger als Beamte im öffentlichen Dienst geeignet, weil se dazu neigen, ihre Erfolglosigkeit an den unschuldigen Bürgern auszulassen. Offensichtlich werden aber gerade die besonders häufig Beamte. Da können Sie mal sehen, wie notwendig et ist, daß der Lippenblütersche U-Bahn-Eignungstest sich endlich durchsetzt.

Aber et gibt natürlich noch eine ganze Reihe andere Typen. Zum Beispiel die Betrunkenen, die den Zug natürlich auch nicht kriegen und dann in den höchsten Tönen anfangen, mit ihm zu schimpfen. Haben Sie dat mal gesehen, wenn einer voll wie'n Amtmann ist und auf eine U-Bahn einredet? Sehen Se, dat ist Berlin. Und dann sind da wieder andere, denen kommt et bloß drauf an, keine lächerliche Figur abzugeben. Die fangen also nicht an zu laufen, weil se's ja vielleicht nicht schaffen und dann dumm dastehen, dann könnte man meinen, se hätten nix zu tun, also tun se so, als müßten se sich den Schuh zumachen. Das ist besonders hübsch, weil der aufmerksame Betrachter, also ich, ganz deutlich sieht, dat die gar keine Schnürschuhe tragen, sondern solche modischen Halbstiefel mit Reißverschluß. Diese Leute sind natürlich die geborenen Politiker. Oder Vertreter.

Ich hab natürlich noch mehr Typen herausgefunden, aber ich will auch nicht alles verraten, weil nachher geht einer hin und verkauft dat als seine Erfindung und dann steh ich dumm da. Aber Sie können den Lippenblüterschen Eignungstest privat natürlich gerne verwenden, leider nur da, wo es U-Bahnen gibt. Möglicherweise ist dat auch der Grund, wieso noch niemand an mich herangetreten ist. Na ja, in diesem Sinne.

Hubert Lippenblüter und die neue Nachbarin I

Ich wohne ja in einem Hochhaus, also Hochhaus heißt für unsere Verhältnisse vier Stockwerke, und man muß sich dat Ganze so vorstellen, dat immer eine Wohnung rechts von der anderen liegt, und die dritte, wenn man rauskommt, links davon, über Eck. Und genau die Wohnung links neben meiner, also im dritten Stock, wo Erwin Bertelsmann gewohnt hat, der Versicherungsvertreter, die ist jetzt frei geworden. Der ist nämlich nach Köln versetzt worden, und dat ist auch gut so, weil der Mann sich hier nie richtig eingelebt hat. Dat der mal im Kühlen Grund gewesen wäre oder einen mal auf ein Schnäpschen zu sich gebeten hätte, nix, kein Denken dran.

Und nun bin ich natürlich gespannt wie ein Flitzebogen, wer da einzieht. Und wat soll ich Ihnen sagen, sagt mir doch heute Fritz Geseke, unser Hausbesitzer, es wäre eine alleinstehende, nicht unvermögende Dame Mitte dreißig, Anfang Vierzig. Genaueres wüßte er auch nicht, nur dat se ursprünglich aus Stukenbrock wäre, dann in Bielefeld wohl Chefsekretärin war, dann hat se wohl einen Unternehmer aus Winterberg kennengelernt, der meinte, er müßte se heiraten, hätte er aber wohl doch nicht, und wie er sich dann wieder hätte scheiden lassen wollen, hätte se ihn wohl gegen eine stattliche Summe ziehen lassen. Und se hätte nun wohl die Nase voll vonne Großstadt, dat Geld wär wohl auch gut angelegt, und jetzt wollte se wohl erst mal gar nix machen und dann mal gucken.

Und se sähe sehr gut aus, bis auf eine winzige Verwachsung am linken Ohrläppchen, aber da wären ja die hellblonden Haare drüber, und – jetzt kommt's – se legte großen Wert auf gute Nachbarschaft. Dat is der Punkt. Jetzt ist die Kacke am Dampfen! Als ob ich nicht schon genug damit zu tun hätte, mir die hiesigen ledigen Damen vom Leibe zu halten! Man ist doch geradezu Freiwild als Junggeselle! Ob dat nun Ziska Bokelmeier ausse Stadtbücherei ist, die dat Ausleihen eines Liebesromanes schon als Antrag wertet, oder Elsbeth Biersling samt Tochter, oder Lilli Weidenkamp, die gerade mal ihr Trauerjahr mit Mühe und Not rumhat und schon nach der nächsten Beute späht, wie der Lämmergeier inne Lüneburger Heide, und vor allem Fräulein Liesenkötter, die Lehrerin von nebenan, die bloß so abweisend ist, um ihre wahren Gefühle zu verbergen. Nun habe ich ja auch eine starke Schwäche für se, dat ist ja gerade dat Komplizierte an unserem komplizierten Verhältnis. Und bevor dat nicht geklärt ist, kann ich mich doch nicht in ein neues Abenteuer stürzen lassen, wo dat Ergebnis ungewisser ist wie die nächste Fußballeuropameisterschaft! Und dann mit einer geschiedenen Frau mit Geld anne Füße. Erstens vergleicht die ständig, und dann weiß man doch, dat Geld allein nicht glücklich macht! Und wer sagt denn, dat se sich von mir nicht wieder scheiden läßt, weil dat nun mal ihre Art ist? Wo nehme ich denn dann ein Vermögen her? Wo doch Briefmarken ohnehin rückläufig sind aufgrund einer völlig verfehlten Postpreispolitik?

Dat Schlimmste ist, ich weiß nicht mal, wie lange mir noch Galgenfrist bleibt, se hat nämlich gesagt, sagt Fritz Geseke, se wüßte noch nicht genau, wann se einzieht. Dat kann ich zum Beispiel schon überhaupt nicht ab. Wenn ich umziehe, weiß ich doch auf den Tag genau, wann. Aber dat ist wohl typisch, kommste heut nicht, kommste morgen. Da würden wir ja schon den ersten Krach drüber kriegen. Und dann Essen, auch so'n Punkt. Ich bin nämlich ein verwöhnter Esser, also, da bin ich ausgesprochen mäkelig. Und wat wird so ein Luxusweib schon kochen können, höchstens doch vor Wut, wenn ihr wat nicht paßt. Und dat ist meistens. Da kriege ich doch binnen einem Monat mein Zwölffingerdarmgeschwür wieder, wat ich jetzt glücklich vier Jahre weghabe, toi, toi, toi. Und wenn ich dann schon höre: erst mal nix machen und dann mal gucken. Ich meine, dat sagt doch alles!

Dat Beste wird sein, ich erwecke den Eindruck, dat ich in festen Händen bin. Ich werde mir von unser Mutter ein paar Büstenhalter liehen und die zwischen meine Wäsche hängen. Oder Fräulien Liesenkötter muß mir wat auf Tonband lachen und quietschen, und dat spiel ich jeden Abend ab. Aber dat macht die nicht, da müßte ich ja sagen, warum, die will ja immer alles ganz genau wissen. Nein, jetzt hab ich et, ich bringe Husemanns Willi mit, der dat Sportgeschäft hat, wenn se Einweihung feiert, und dann hauen wir uns derartig die Hucke voll, dat se gleich bedient ist.

Obwohl, manche Frauen reizt dat ja gerade, die denken dann, man ist Dichter, wie dieser Amerikaner, Baginski, oder wie der heißt, der immer besoffen ist, dem laufen doch auch alle Frauen nach, schreibt er. Nä, nä, ich werde erst mal gar nix machen und dann mal gucken. In diesem Sinne.

Hubert Lippenblüter und die Vertreter

Ich sach Ihnen, et gibt nix Schlimmeret, wie Vertreter, weil diese Leute um des Erfolges willen quasi gleichsam alle gesellschaftlichen Spielregeln außer Kraft setzen. Ich hab da mal wat gelesen, die machen auch extra Schulungen, wo se sowat beigebogen kriegen, zum Beispiel, wenn se in dat Wohnzimmer kommen, sehen die sofort, wo der Ohrensessel des Hausherrn steht und da knallen se sich gleich rein und haben sich dadurch inne Rangordnung stikkum an alle Familienmitglieder vorbei auf den ersten Platz geschoben, und dadurch kriegen se gleich Autorität. Wenn man dat nu alle weiß, wie ich, dann verlieren diese Schlickefänger natürlich viel von ihren Schrecken. Letztens klingelt et bei mir, steht da so'n Raubritter mit einen Staubsauger inne Fäuste und säuselt wat von, ob meine Gattin wohl zu Hause wäre. Ich sach, Gottseidank nich, sach ich, guckt er gleich blöd. Ich sach, Mann, sach ich, ich bin Junggeselle! Ahh, meint er, da ham Sie doch sicher keinen Staubsauger! Und dat war nu wieder typisch Vertreter. Die meinen, se brauchen nur ein paar Vorurteile und schon stimmt dat Weltbild. Da war er nu bei mir genau richtig. Ich sach, nu hören

Sie mal gut zu, sach ich, selbstverständlich habe ich keinen Staubsauger, weil ich mir im ganzen Hause einen leihen kann, jeden Monat, wenn ich will!

Nun sind diese Burschen ja stur bis zur Selbstverleugnung. Sacht er, könnte ich Ihnen nicht trotzdem mit diesem sensationellen neuen japanischen Modell etwas vorsaugen? Ich sach, bitte, sach ich, wenn Sie dat brauchen, dann brauch ich et nich zu machen. Er gleich rein inne Wohnstube, schnappt sich den randvollen Aschenbecher und verteilt den Mist auffe gesamte Auslegware. So, sacht er, dat esse ich höchstpersönlich auf, wenn da auch nur ein Krümelchen von übrigbleibt! Wo ist eine Steckdose?

Ich sach, hier hamse schon mal Messer und Gabel, wir ham nämlich gerade Stromausfall!

Also dat Gesicht von den Kerl war schon wieder einen Asbach Uralt wert! Na ja, ich hab dann die Sicherung wieder reingedrückt, man is ja nich so, dann hat der Herr Horatz mir aus Dankbarkeit noch die ganze Bude gesaugt mit seine Kamasutra oder wie dat Ding heißt, und fix, also wirklich, muß ich sagen.

Danach ham wer erstmal einen getrunken, auf den Schreck, klingelt es Sturm. War dat der Schliemann, einer von den Polizisten aussen Ort. Fragt er, wem der fremde Wagen im Halteverbot gehörte, ob ich dat wüßte. War natürlich der Wagen von Günther, also Herr Horatz, mein Staubsaugeraußendienstvertrauensmann. War ihm natürlich etwas peinlich, wegen den Schnaps, na wir ham dann erstmal zu dritt noch einen genommen, dabei stellt sich durch einen puren Zufall raus, dat Schliemanns Staubsauger kaputt is und er sowieso noch kein Geburtstagsgeschenk für seine Frau hat! Dat mußte Günther aber denn selber zugeben, dat dat höchstens einmal in drei Wochen vorkommt, zwei Staubsauger in eine Wohnung binnen eine halbe Stunde. Is ja auch wirklich ein schwerer Beruf, viele Leute haben ja Vorbehalte und sind längst nich so offen, wie unsereins. Ich hab Günther dann noch eine Liste von meinen Bekanntenkreis gemacht, wo er sich mit eine Empfehlung von mir hinwenden kann, ich meine, wo kommen wir denn hin, wenn wir uns gegenseitig nich ein bißchen helfen? In diesem Sinne.

Hubert Lippenblüter und die neue Nachbarin II

Ich hab Ihnen doch letztens mal erzählt, daß bei mir nebenan eine neue Mieterin eingezogen ist. Tagelang hab ich se überhaupt nicht zu Gesicht gekriegt, man will ja auch nicht zufällig rauskommen, wenn man se kommen hört, alles, wat ich wußte, war der Name. Fieken, Elisabeth Fieken, na und dann eben noch die paar Informationen von Fritz Geseke, unserm Hauswirt. Geschieden, seitdem jede Menge anne Füße und so, hatt ich Ihnen ja alles erzählt. Ja und heute nun sind wir uns dat erste Mal begegnet, auffe Treppe. Ich kam gerade vom Einkaufen, Zwölferpack Bier und ne neue Pulle Dornkaat, weil die, die ich noch hab, den nächsten Skatabend nicht überlebt hätte, also praktisch alles für die Gäste, aber das kann die Frau ja nicht wissen, die muß denken, da wohnt ein Trinker neben ihr. Mit einem Wort, es war mir peinlich.

Ich also erstmal eine knallrote Birne gekriegt, mußt ich ja nun irgendwie überspielen; nun ist in unserem gesamten Bekanntenkreis meine Überlegenheit und Gelassenheit in kritischen Situationen des Lebens schon beinahe sprichwörtlich. Da heißt es so oft, der Hubert, der hat wirklich die Ruhe weg, nich, zum Beispiel in Kühlen Grund, wenn se sich da mal anne Köppe kriegen, kommt ja manchmal vor, alle sind dann ganz aufgeregt und machen und tun, bloß ich, ich trink ganz in Ruhe mein Bier und prompt hören die dann auch irgendwann wieder auf. Abgesehen davon, dat mich dat ja auch gar nichts angeht und dem Westfalen ist nun mal die Intimsphäre der anderen heilig, jedenfalls solange se in Hörweite sind, und ich finde, dieser Wesenszug ist gerade heute, wo die Menschen infolge der Bevölkerungsdetonation immer dichter aufeinanderhocken, für ein funktionierendes Gemeinwesen von entscheidender Bedeutung. Aber diese Situation hier auffe Treppe war ja eine gänzlich andere.

Ich mit roten Kopp, die Fäuste voller geistiger Getränke, Auge in Auge mit einer, und lassen Sie mich das in aller Deutlichkeit sagen, betörend schönen Frau. In solchen Momenten steht bei mir alles auf Alarm, denn dat ist ja dann für einen rüstigen, unverheirateten Mann mit gesichertem Einkommen immer eine akute Bedrohung. Hab ich dann wat genuschelt von: Ach diese Treppen in diesem Alter, schafft man ja kaum. Grinst diese Frau mich an, sagt se, aber Herr Lippenblüter, dabei hat mir der Hauswirt erzählt, Sie wären ein Mann in den besten Jahren; wenn ich gewußt hätte, daß Sie so viel älter sind, als Sie aussehen, dann hätte ich Ihnen natürlich geholfen, all die vielen schweren Flaschen raufzutragen. Wollen Sie dat eigentlich alles alleine trinken? Mein Gott war mir dat peinlich!

Ich versuchte mich aber mannhaft innerlich wieder hochzurappeln und sagte: Verehrte Frau Fieken, selbstverständlich ist das für meine Gäste, ich bin nämlich ein geselliger Typ und wollte Ihnen sowieso schon sagen, wenn es ab und zu mal ein bißchen laut wird bei mir, dann dürfen Sie sich nichts draus machen. Ach, sagt se, das trifft sich gut, seien Sie gewiß, lieber Herr Lippenblüter, die hat wirklich gesagt, lieber Herr Lippenblüter, ich kriegte sofort wieder ein kalten Schweißausbruch, also seien Sie gewiß, bei mir wird es lauter. Aber wenn Sie so ein geselliger Typ sind, dann laden Sie mich ja sicher gleich auf ein Begrüßungsschlückchen ein. Ich wußte überhaupt nicht mehr, wat los war und sag so: Ein andermal, wenn ich dat vorher weiß, sehr gerne, oder geben Sie mir wenigstens eine Stunde Zeit zum Aufräumen und Spülen, dat sieht bei mir aus wie nach einen Granateinschlag. Ach, meint se ganz spitzbübisch, ich weiß, wie dat ist, bin selber Gottseidank jetzt unverheiratet, und wir Junggesellen müssen schließlich zusammenhalten, woll?

Und schon hat se mich inne Türe reingedrängt, und schwupps saß se mit weit übernandergeschlagene Beine mitten in meine Couchgarnitur. Und dann ließ se sich einen doppelten Klaren nach demselben kredenzen, also so schnell kam ich gar nicht mit, und hat mir einen vom Pferd erzählt, ich kann Ihnen sagen.

Ich hab ja nichts gegen Emanzipation, auch wenn Fräulein Liesenkötter, die Lehrerin, von nebenan mir dat immer einreden will, aber dat ist doch ein geschichtlicher Prozeß, dat dauert doch von Rechts wegen Jahrhunderte, und die Frau spulte dat in Minuten ab. Sagt se, jede Frau müßte normalerweise sechs Männer haben, einen zum Verlieben, einen für de Kultur, Kino, Theater, also einen Studierten, einen ganz Schönen zum Vorzeigen, einen starken zum Beschützen, einen zum Ernähren und einen alten Knopp zum Ausweinen, wenn mit den anderen wat nicht klappt.

Ich sage nur, wenn dat um sich greift, wander ich aus, oder zieh wenigstens um, in diesem Sinne ...

Hubert Lippenblüter und das Zahnarztwesen

Ich kann Ihnen eins sagen: Et gibt viele sehr merkwürdige Menschen auf unseren Fixstern, aber mit die merkwürdigsten überhaupt sind Zahnärzte, aber wirklich. Immer am

Stöhnen, dat se so wenig verdienen, liest man ja dauernd, aber alle drei Monate einen anderen dicken Wagen vor de Tür, dat sind doch keine Leihwagen, denn, ich mein, wenn man so arm ist, leiht einem doch keiner wat, dat wissen wir doch alle.

Dat Problem fängt ja schon an, wenn man überhaupt hin will. Bei uns geht dat ja noch, in einen kleineren Ort, aber mein Vetter aus Köln, dem ist dat passiert, da ist sein Zahnarzt, wo er immer hinging, gestorben, verhungert wahrscheinlich, ich weiß es ja nicht, jedenfalls brauchte er ein neuen. Sie, der hat acht Zahnärzte angerufen, also die Frauen oder Mädchen, die da immer ans Telefon gehen, acht Stück, und jede sagte, der Doktor nimmt im Moment keine neuen Patienten. Der neunte hat ihn dann doch genommen, da hätte mein Vetter eigentlich Verdacht schöpfen sollen, aber der Schmerz hatte ihm bereits die Sinne verwirrt, und nach der Behandlung mußte er dann auch gleich inne Zahnklinik, weil der Arzt da irgend etwas Entscheidendes falschgemacht hatte.

Das kann natürlich in eine Kleinstadt alles nicht passieren, weil erstens gibt's da keine neun Zahnärzte und zweitens keine Zahnklinik. Aber auch, wenn man einen eigenen Zahnarzt hat, wo man schon immer hingeht, ist es schwer, weil das Mädchen oder die Dame am Telefon auch fragt: Haben Sie Schmerzen? Dann gibt es drei Möglichkeiten der Antwort und alle sind falsch. Weil, wenn man sagt, «nein», dann sagt se nur: Ach so, und dann bekommt man einen Termin in drei Monaten, 8.30, aber bitte pünktlich, sagt se. Wenn man sagt, «ja», dann fragt se: Starke Schmerzen? Dann sagt man als Mann: Es geht – und bekommt einen früheren Termin, in drei Monaten, punkt 8 Uhr. Nun kann man noch sagen, dat man et vor Schmerzen nicht mehr aushält, dann kriegt man vielleicht einen Termin in zwei Wochen, dabei weiß die Dame ganz genau, dat dat nicht geht, denn dann ist man ja schon in Urlaub. Denn selbstverständlich will man ja vor dem Urlaub nach diesen einen Zahn gucken lassen, der manchmal so zuckt, wenn kaltes Bier drüberläuft, oder heißer Kaffee. Nun ist guter Rat teuer, denn man ist ja kein Privatpatient.

Wir wollen einfach mal annehmen, man hätte jetzt doch einen Termin gekriegt, aufgrund eines glücklichen Zufalls, dat ein anderer Patient ausfällt, oder der Doktor noch was zuverdienen muß, weil die Miete fällig ist, oder irgend so etwas. Und nun sitzt man bleich und zitternd in diesen Marterstuhl und Dr. Mabuse schleicht sich vonne Seite an. Zahnärzte sagen ja immer, man sollte seine Zähne nie mit einem spitzen metallischen Gegenstand reinigen, das wäre schädlich und was macht er? Nimmt einen riesigen gebogenen Eisenhaken und reißt und klopft einem anne Zähne rum, an alle, auch die gesunden. Dann sagt er irgendwann: Tja, die Füllung taugt nichts mehr; dabei hat er se selber reingemacht. Dann reißt er se raus und sagt: Ich werd Ihnen mal 'ne Spritze geben. Normalerweise, wenn man eine Spritze kriegt, geht dat ja schnell, kurzer Anlauf, rein innen Hintern, wutsch und raus. Diese Spritzen sind anders. Tröpfchen für Tröpfchen sozusagen. Dat heißt, der Doktor schiebt se rein, drückt ein Schlückchen raus, zieht die Spritze wieder raus, sucht sich ein neues Plätzchen, und das drei-, vier-, fünfmal – entsetzlich. Dann geht er raus, wahrscheinlich, weil er sich Mut antrinken muß.

Dann kommt er wieder rein, und dann bohrt er. Bohren kennen Sie ja. Es ist nicht nur dat Geräusch, oder dat Gefühl, dat bei der geringsten falschen Bewegung die Zunge oder die Mandeln weg sind, et ist diese Reue, die plötzlich kommt. Hätte ich doch Husemanns Willi bloß die 50 Mark wiedergegeben, oder wäre ich doch vor zwei Jahren auffe Erstkommunion von Beckmanns Jupp seinen Kleinen nicht so häßlich zu Fräulein Liesenkötter gewesen, dann säße ich vielleicht nicht hier. Und dabei schielt man die ganze Zeit so gut es geht nach unten, weil man jeden Moment erwartet, dat es an zu qualmen fängt. Aber irgendwann hört er auf, nimmt diesen komischen Sauger aus den Mund, der die ganze Zeit drin war. Dat ist auch so'n Ding, man kommt sich so blöd vor, weil er sich die ganze Zeit anne Zunge festsaugt und so komische Geräusche macht. Dann sagt er: Spülen, bitte. Man nimmt den Pappbecher und trinkt, und dabei stellt man fest, daß man infolge dieser Spritze nun keine Unterlippe mehr hat. Also öffnet man den Mund und läßt die ganze Geschichte unter Zuhilfenahme der Schwerkraft in dieses kleine Miniaturklo fallen. Nun lehnt man sich wieder zurück und bemerkt zu spät diesen hübschen Spuckefaden, der von der leblosen Unterlippe über das Sabberlätzchen und Teile von den neuen Sakko bis zum Spülbecken geht. Peinlich ist dat, regelrecht peinlich.

Und dann tut einem der Zahnarzt irgend etwas in das entstandene riesige Loch, und verbietet einem dat Essen für zwei Stunden. Wenn man Glück hat. Wenn man Pech hat, sagt er: Lassen Sie sich von der Schwester einen neuen Termin geben, unten links und oben rechts müssen auch dringend gemacht werden. Bis man dann wieder kommt, also in drei Monaten, 8.30, tun von Stunde an diese beiden eben erwähnten Zähne weh. Natürlich erst nach einem Tag, wenn man wieder eine Unterlippe hat. Also Zahnärzte sind schon komisch, irgendwie. Na ja, in diesem Sinne.

Hubert Lippenblüter und das Krankenhaus I

Ich war ja letztens im Krankenhaus, weil mit meine Hämorrhoiden ging dat ja nicht mehr so weiter, und man soll se ja nicht auf die leichte Schulter nehmen, wie et in diesen bekannten Liede heißt. Nach diese ganzen Formalitäten, also viel komplizierter wie in einen Hotel, zeigte die Stationsschwester mir mein Zimmer, ein, ich darf wohl sagen, zweckmäßig eingerichteter Raum mit noch fünf andere Patienten von quietschvergnügt bis totenstill. Kaum lag ich im Bett, wollte mir einer schon ein Gespräch aufdrängen über seine Leidensgeschichte, als ob ich nich den Kopf voll genug gehabt hätte mit meine Hämorrhoiden, aber so sind die Leute.

Überhaupt kriegt man im Krankenhaus ein viel klareret Menschenbild als auf freier Wildbahn. Da müssen Sie mal drauf achten: et gibt drei Arten von Menschen, die einen, die einem am Vorabend von einen solchen Eingriff inne Persönlichkeit Angst einjagen wollen, die anderen, die einen beruhigen wollen und dann die Ärzte und Schwestern. Welche die Schlimmsten sind, können Sie sich selber aussuchen. Jedenfalls hat ich mich nach dem Mittagessen vor de Tür gesetzt, schön eine rauchen. Kam Herr Lehmann angeschlichen, Typ eins. Sagt er, ich will Ihnen ja keine Angst machen, aber ham Sie die Fahne von den Professor gerochen, eben, bei de Visite? Der Mann steht ja ständig unter Strom! Dat hat mir auch mein Schwager erzählt, von dem ein Neffe is Assistenzarzt im Ursulinenhospital, und da war der Professor Görkens ja auch mal. Sie, wie dem die Hände zittern, also ich bin heilfroh, daß bei mir der Oberarzt operiert hat, also ich würde da an Ihrer Stelle drauf bestehen, Sie wissen ja, so harmlos eine Hämorrhoidenoperation is, ein Schnitzer zu tief, ein Fitzelchen Schleimhaut zu viel und der Schließmuskel is hin. Und dann kommt Freude auf! Na ja, toi, toi, toi, dat is hier, glaube ich, nur einmal vorgekommen, der Mann lebt auch gar nich mehr. Wissen Sie eigentlich, warum die Ärzte im Operationssaal lateinisch reden? Damit die Patienten sich schon mal an eine tote Sprache gewöhnen. Hahahaha, na, ich will mich mal noch ein Stündchen aufs Ohr hauen.

Kaum war Lehmann verschwunden, kam Herr Stierberg

raus, Typ zwei. Sacht er, hat der Lehmann Sie wieder vollgequasselt? Dat macht der mit jedem Neuen, ich bin ja schon sieben Wochen hier. Mir hamse ja den ganzen Magen rausgenommen, nich, Speiseröhre direkt mit den Darm verbunden, muß auch gehen. Bißken mit dem Essen aufpassen, nix Blähendes und immer Kalziumspritzen, aber sonst. Da brauchen Sie sich wegen ihre Hämorrhoiden doch keine Kopfschmerzen zu machen! Wann werden Sie operiert, morgen? Dann is Donnerstag, sehen Sie mal, dann sind Sie Sonntag vielleicht schon übern Berg, die ersten beiden Tage sind nich so angenehm, aber mit Schmerzspritzen kriegen wir dat schon hin. Da muß man nur die Nachtschwester Inge bißken innen Hintern treten, die spritzt nich gern, will immer alles mit Tabletten machen, aber die helfen nix, da gehen Sie die Wände hoch nachts. Und dann der Stuhlgang, also dat is zwei, drei Wochen schon sehr unangenehm, und dann immer die Sitzbäder, dat is halt furchtbar lästig, aber sonst allet halb so schlimm, glauben Sie mir, na ja, werd mich mal ein Stündchen aufs Ohr hauen.

Ich hab mich dann auch aufs Ohr gehauen, aus lauter Verzweiflung, hab mich schlafend gestellt, weil ich dachte, vielleicht lassen se mich dann in Ruhe, Pustekuchen, kam die Schwester an, Fieber messen, Puls fühlen, hatt ich schon 38,2 und Puls 96. Sacht se, dat is die Aufregung, brauchen Sie aber nich, is allet ganz harmlos, die Medizin is heute so weit, übrigens, heute abend kommt noch der Narkosearzt und fragt Sie wegen Unverträglichkeiten, ich rate Ihnen, lassen Sie sich keine örtliche Betäubung machen, dat genaue Wort krieg ich jetzt nich mehr auffe Reihe, spinale Anämie, oder so ähnlich, dat kann nämlich sehr schmerzhaft sein, nehmen Sie lieber Totalan. Auf mein bohrendes Fragen hin erläuterte se mir dann, dieses sei die Kurzform für Totalanästhesie, also der Kosename quasi gleichsam und bedeutete soviel wie Ganzkörperbetäubung.

Jedenfalls, dat zog und zog sich, und wie ich denn glücklich mit Hilfe von zwei Schlaftabletten eingenickt war, kam der Narkosearzt und fragte mir Löcher in den Bauch, lauter unsinniges Zeug, zum Beispiel wie et mit de Potenz wär. Ich sach, weiß ich nich, sach ich, ich bin unverheiratet! Guckt er ganz blöd, hatte er natürlich meinen feinsinnigen Scherz gar nich kapiert, mit diesen vielgerühmten Ärztewitz is et nämlich in Wirklichkeit auch nich so weit her, na ja, mußt ich noch wat unterschreiben, dat ich mit allem einverstanden wär und dann meinte er noch ganz beiläufig, ich würde sagen, wir machen eine örtliche Betäubung, dat ist uns bei nicht mehr ganz jungen Patienten lieber, wegen des Kreislaufs. Ich sach, Spitalanimation, weiß ich alles, aber nich mit mir, da hab ich nur dat Schlechteste von gehört, kommt überhaupt nich in die Tüte.

Also ganz so hab ich et natürlich nich formuliert, ich habe mehr gesagt, lieber Herr Professor, könnte ich nicht doch lieber vollständig eingeschläfert werden, so alt bin ich doch nun auch wieder nicht!

Na ja, ich will jetzt auch nicht zu viel verraten, im nächsten Kapitel erfahren Sie, ob ich die Operation überlebt habe, und alles über Krankenbesuche, denn bei dieser Gelegenheit zeigt der beste Freund seine wahre Fratze. In diesem Sinne!

Hubert Lippenblüter im Krankenhaus II

Ich hatt Ihnen doch erzählt, dat ich auf Tod und Leben mit Hämorrhoiden im Krankenhaus lag. Also nachdem die Operation geglückt war, ich mußte übrigens am Morgen danach um halb sieben schon aufstehen, zum Waschen, dat sind diese modernen Behandlungsmethoden, nich wahr, wat uns nich umbringt, kann auch nich schaden, kommt doch am zweiten Tag der Doktor rein, so ein blonder Hüne mit Seehundsbart, der sah also original aus wie dat Pausenzeichen vom NDR, und schreit: So, Herr Lippenblüter, jetzt wollen wir mal die Tamponade rausnehmen!

Da lag ich ja nun gleich vor zwei schwierigen Fragen: Wer ist wir, weil, er war ja alleine, und dat ich in meinen geschwächten Zustand mit anpacken sollte, konnte ja wohl sein Ernst nich sein, und zweitens, wat is eine Tamponade? Ein Sportgerät oder eine Art Bettbezug, vielleicht dieset Gummituch, wat se einem immer unterlegen, damit man schön schwitzt, jedenfalls, ich fragte der Einfachheit halber erst mal, wat? Na, sacht er, wir haben Ihnen doch den Hintern voller Mull gestopft, und heute ist erster Abführtag! Auch son Wort, dabei denk ich erst mal an eine Razzia mit Massenverhaftungen, aber et stellte sich dann relativ schnell heraus, dat ich, salopp gesprochen, auffen Pott sollte. Nun weiß ich nicht, inwieweit Sie mit den Vorgängen im Körper eines frisch Operierten vertraut sind, jedenfalls ist die vorherrschende Empfindung Schmerz und dat vorherrschende Bedürfnis: keine Bewegung. Ich darf sicherlich nicht zu den Weichen und Wehleidigen im Lande gezählt werden, aber es gibt eine Grenze, irgendwo.

Als ich wieder zu mir kam, war Besuchszeit, und damit sind wir auch schon beim Thema: der Krankenbesuch in Kür und Pflicht, eine Betrachtung von Hubert Lippenblüter. Zunächst einige Zahlen: Ich war 14 Tage im Krankenhaus. Erschienen sind: Fräulein Liesenkötter, die Lehrerin von nebenan, mein stiller Schwarm, obwohl wir uns immer anne Köppe kriegen oder gerade deshalb, dreizehnmal. Elisabeth Fieken, meine Nachbarin, diese geschiedene Lebedame, die so hinter mir her is, zweimal. Unser Pastor dreimal. Mein Bruder, der in Paderborn an dieses tragische Ehejoch trägt, zweimal, selbstverständlich ohne meine Schwägerin, weil das hätte ja sonst meinen Zustand rapide verschlimmert. Dann die ganzen anderen Damen des Ortes, die alle mehr oder weniger Augen auf mich geworfen haben, je drei- bis fünfmal, das ist aber für diese wissenschaftliche Untersuchung von minderem Interesse. Nicht erschienen sind Beckmanns Jupp, Husemanns Willi, der dat Sportgeschäft hat, ebenfalls Junggeselle und mein bester Freund, Dr. Fährmann, mein Hausarzt, sowie Heinz Schibulski, mein Schalterkollege vonne Post. Davon unentschuldigt Beckmanns Jupp, mit dem ich bereits auch nicht mehr spreche.

Nun zu den Gründen des Fernbleibens: Husemanns Willi: man könnte ja denken: Das ist ein schöner Freund; aber Willi sagte am Vorabend meiner Einlieferung im Kühlen Grund zwischen zwei Schnäpsen, Hubert, ich komm Dich nich besuchen, Krankenhaus macht mich krank, außerdem kommen Dich doch die ganzen Frauen besuchen, und da will ich Dir nich die Schau stehlen. Dafür hol ich Dich mit den Mercedes ab und richte hier im Kühlen Grund eine Wiedersehensfeier aus!

Dr. Fährmann meinte ganz richtig, er mache beruflich soviel Krankenbesuche, da wollt er beim besten Willen nich auch noch in seine Freizeit sich dat Gestöhne mitanhören müssen. Dat is zwar grob, aber wer ihn kennt, weiß, dat unter diese rauhe Schale ein ganz weicher Keks schlummert, wie ich immer scherzhaft sage.

Wat nu meinen Schalterkollegen Schibulski angeht, der hat et nie verwunden, daß er bei diese Umfrage, die die Post mal bundesweit veranstaltet hat, wer die beliebtesten Beamten wären, sehr deutlich hinter mir weit abgeschlagen auf dem zweiten Platz landete. Als der mir damals gratulierte und auf die Schulter klopfte, hatt ich richtig dat Gefühl, er sucht die Stelle, wo dat Messer am leichtesten eindringt. Ja, wollten Sie so einen Menschen am Krankenlager haben? Sehen Se.

So, nun aber zu den Erschienenen und was uns diese Zahlen lernen. Mein Bruder konnt ja nur am Wochenende, wegen de lange Anreise, hat also alle Möglichkeiten ausgeschöpft, untadelig, ich hätt mir auch seine Eheprobleme, die ich sowieso in- und auswendig kenne, nicht öfter anhören wollen. Dann unser Pastor, na gut, der taucht ja immer auf, wo er einen Sterbefall wittert, dat is schließlich sein Beruf, und dat er gleich dreimal kam, wirft ja nur ein bezeichnendes Licht auf die Schwere dieser Operation. Nun zu Elisabeth Fieken. Zweimal. Sehr bezeichnend! Ein kranker Mann ist für diese Frau völlig uninteressant, er kann sie nich schick ausführen in diese neue Pizzeria, kann ihr die schwere Tasche mit Kartoffeln nich tragen, garnix. Wenn Sie mich fragen, die is nur aus nackter, kalter Berechnung zweimal gekommen, damit man ihr nämlich nachher nich nachsagen kann, se wäre dat eine Mal nur aus Höflichkeit gekommen, so sieht dat nämlich aus!

Dat dafür Fräulein Liesenkötter gleich dreizehnmal kam, dat fand ich nun auch übertrieben, zumal se immer weinte, und ich se dann noch trösten durfte über meinen eigenen Zustand hinweg. Also Frauen können aber auch sowat von unlogisch sein, meine Herrn.

Jetzt fragen Sie sich natürlich mit Recht, wo denn unser Mutter überhaupt abgeblieben is, und dat war so, die war in Kur während der ganzen Zeit, vonne Kasse aus, und Sie wissen ja, wie schwer dat is, dat überhaupt durchzudrükken, und umlegen ließ sich dat schon überhaupt nich, aber da sieht man mal wieder, wie ernst et der Staat meint, wenn er sagt, die Familie ist die Keimzelle des Staates und unverzichtbar! Von wegen. In diesem Sinne.

Hubert Lippenblüter und der Hausputz

Sie, ich sage Ihnen, ich bin ja fix und fertig, hab nämlich wieder meinen halbjährlichen Hausputz hinter mir. Natürlich nicht nur so, et steckte schon ein ernster Anlaß hinter, nämlich mein Geburtstag wieder mal, ist übrigens jedes Jahr, stellt einen aber jedes Jahr vor neue Probleme, weil, meine Geburtstage haben schon von Kinderschuhe an den Ruf, zu den originellsten im Lande zu gehören. Da können Sie jeden fragen, man wird Ihnen sagen, der Hubert Lippenblüter, der läßt sich immer wat einfallen. Nun hat man ja heutzutage andere Probleme bei der Ausrichtung einer solchen Veranstaltung, wie als Kind, obwohl et erstaunlich ist, wie erwachsene, berufstätige Menschen plötzlich sehr albern werden können.

Ich weiß noch letztes Jahr, wie Husemanns Willi beinahe einen Streit angefangen hat, nur weil ich nicht Topfschlagen spielen lassen wollte, oder dieset blöde Apfelsinenspiel, dat kennen Sie doch, da wird also getanzt, und die Dame hat eine Orange zwischen Kinn und Hals geklemmt, und der Herr muß dann so von schräg an se ran und die Appelsine zwischen seine entsprechenden Partien klemmen. Ich mein, dat sieht schon zum Brüllen aus, ich weiß auch gar nicht mehr, warum wir dat nich gespielt haben, wahrscheinlich hat ich mich wieder über Willi geärgert, weil er sich wie üblich an Fräulein Liesenkötter rangemacht hat, wo ich doch so ein Auge drauf geworfen habe, obwohl se immer über die Männer lästert, speziell die Junggesellen.

Jedenfalls haben wir uns gütlich geeinigt und ham dann, wie jedes Jahr, Mensch ärgere dich nich mit Groschen drunter gespielt, dat kennen Sie ja, oder nich? Na, Sie müssen jedesmal, wenn Sie ein Männeken raussetzen, einen Groschen unter den tun und wenn Sie einen rausschmeißen, dann dürfen Sie die Groschen, die unter dem waren, auch unter Ihren tun und so kann et dann gehen, dat Sie mit fünf Mark unterm Hintern rumrennen, und alle hinter Ihnen her und nur scharf auf Ihr Geld sind, wie im Leben. Und wenn Sie dann Ihr Häuschen erreichen, dann gehört der Reichtum Ihnen, dat ist also auch ein Spiel, wo Männerfreundschaften, Ehen, ja Verwandtschaften dran zerbrechen können. Man muß ja auch bedenken, dat der Alkohol, der bei meinen Festen ja auch immer in Strömen fließt, ja mit der Zeit dann auch sein Senf dazugibt.

Dieset Jahr war nun insofern etwas Besonderes, weil die Männer inne Minderzahl waren. Ich hatte nämlich eingeladen: Fräulein Liesenkötter, Husemanns Willi, der dat Sportgeschäft hat, Ziska Bokelmeier ausse Stadtbücherei, Dr. Fährmann, Egon, unsern Stammwirt aussen Kühlen Grund, Lilli Weidenkamp, die seit fünf Jahren Witwe ist, dat aber nich bleiben will, eine sehr gefährliche Person. Dann hatte ich wie jedes Jahr unser Mutter eingeladen, und wie jedes Jahr sagte se, ach Hubert, bleibt ihr ma unter euch junge Leute, dann Elsbeth Biersling mit Tochter, die se unbedingt mit Husemanns Willi verkuppeln will, der hat mir vor drei Jahren schon erzählt, Hubert, wenn die kommen, komm ich nich, seitdem versprech ich ihm immer vorher, die kämen nicht, aber ich bitt Sie, dat Schauspiel ist für mich dat schönste Geburtstagsgeschenk. Und dann eben noch Elisabeth Fieken, meine Nachbarin, diese geschiedene Lebedame, die doch so ein Auge auf mich hat, nu will ich gar nicht, aber Husemanns Willi ist scharf wie ein Rettich auf se. Nun können sich vorstellen, wat et für einen Gastgeber, selbst einen von Format, für eine Aufgabe ist, so eine Mischung in die richtigen Bahnen zu lenken.

Man muß nämlich noch wissen, unser Doktor, wenn der voll ist, erzählt der die schlimmsten Ärztewitze, die man sich überhaupt vorstellen kann, Elsbeth Biersling hat schon zweimal einen Weinkrampf gekriegt, Egon wird immer melancholisch und Husemanns Willi wird immer so direkt, da muß ich Fräulein Liesenkötter vor ihm schützen, also furchtbar, ich bin immer froh, wenn dat vorbei ist.

Ja, und wie ich nun die ganze Einkauferei geschafft hatte, alles Samstags vormittags, kam nun der Hausputz, weil, wie gesagt, wenn so viele Weiber auf ein Haufen bei einem Junggesellen inne Bude sind, wird erst mal geguckt, ob et nich vielleicht wat zu lachen gibt. So Frauen entwickeln ja dann ein Talent wie ein alter Stabsunteroffizier beim Stubendurchgang. Dann gucken se mit'n Zeigefinger auf de Bilderrahmen, auch die über Augenhöhe, wat ich sehr fies finde, und Fußbodenleisten, Fensterbrett, überall. Und weil ich ja nun wußte, dat et diesmal besonders schlimm wird, hab ich dat einfach unser Mutter erzählt, nächsten Tag stand se auffe Matte und hat sage und schreibe sechs Stunden gewirbelt, ich könnt dat nicht, aber dat is eben Mutterliebe. In diesem Sinne.

Hubert Lippenblüter und die Blumenwelt

Hatte ich Ihnen schon erzählt, dat ich seit längerer Zeit schon nicht mehr rauche? Neben dem seelischen Aspekt, also dat man sich charakterlich ganz anders fühlt im Vergleich zu den ganzen Schwachen und Haltlosen, gibt's auch den finanziellen Aspekt, ich meine, dat sind ja nun mal gut und gerne 300 Äppel, die man monatlich durch den Hochofen jagt als gestandener Kettenraucher, und dat kann man jetzt alles in Fruchtsaft anlegen, nich, Williams Birne oder Zwetschenwasser oder so. Und dann die Halbschleimhäute, man kann ja jetzt wieder ganz anders schmecken und riechen. Ich meint, bei uns im Ort ist ja leider noch kein Drei-Sterne-

Lokal, wie der Witzigmann eins hat, in München. Dat hamse ja sicher auch gelesen, und Egon, unser Stammwirt mit seine angekokelten Frikadellen, eh dem auch mal ein Stern aufgeht, bin ich eher einer von de heiligen drei Könige. Ja, und dann haben wir noch diesen neuen Griechen, dat is ja eigentlich ganz lecker, aber eben nicht französisch, wo soll der Mann dat auch herhaben. Jedenfalls ich koche seitdem verstärkt selber, aber dat erzähl ich Ihnen ein andermal.

Heute wollte ich mehr auf die Blumen raus. Meine Zweizimmerwohnung ist nämlich ein Blumenmeer neuerdings. Et begann alles mit meinem letzten Namenstag. Früher habe ich die Schnittblumen immer gleich am nächsten Tag weggeschmissen, und die Topfpflanzen mußte immer unser Mutter nehmen. Aber erstens hat die kein Platz mehr und zweitens hab ich jetzt erstmalig riechen können, wat dat für betörende Düfte sind, die Blumen so ausdünsten, eben weil ich doch jetzt diese sauberen Nichtraucherhalbschleimhäute habe. Ich meine, mit so einer Rose zum Beispiel, da kann doch kein Aftershave mithalten. Diesen Geruch kann die chemische Industrie für dat Geld doch gar nicht selber machen. Na, ich mir sofort ein Taschenbuch gekauft, «Blumen, aber wie», für 3,80 DM und los ging's. Jetzt werden die Schnittblumen jeden Tag mit einem sehr scharfen Kartoffelmesser schräg abgeschnitten und kriegen frisches, leicht temperiertes Wasser. Dazu kommen ein paar Tröpfchen von dieset Frischhaltezeug. Da können Sie aber mal kommen und sich z. B. meine Nelkenpracht ansehen, die stehen jetzt schon 14 Tage wie 'ne Eins, sind zwar nur noch zehn Zentimeter groß, aber auf den Kopp kommt es ja an, sagt der Florist, und da sehen meine aus wie künstliche, frische Farben, kaum eine Spur von Braun an den Blütenblättern, herrlich. Und eben dieser Duft. Man läuft durch die Wohnung, wie berauscht. Wo früher der Dunstschleier kalter Zigarren unter der Lampe hing, ist heute tropischer Regenwald, nich wahr, Serengeti oder so.

Tja, und dann erst meine Topfpflanzen, dat ist ja nun wirklich schwierig, und da passieren auch die tollsten Sachen. Mit dem Düngen z. B., die kriegen ja einmal im Monat oder einmal inne Woche, dat muß ich noch mal nachlesen, kriegen die Kunstdünger. Und dann muß man die Blätter mal ab und zu abbrausen, nich, dat geschieht ja am zweckmäßigsten inne Badewanne. Also steht da auch die Plastikflasche mit dem Kunstdünger neben der Plastikflasche mit dem Schaumbad. Können Sie sich vorstellen, wat jetzt kommt? Falsch. Sie meinen, ich hätte dat Schaumbad in mein Efeutopf gekippt, dat wär ja noch gegangen, nee nee, umgekehrt. Tja, saß ich im Wasser, dat war ganz trüb und roch so komisch. Ich denk, Hubert, dat kann doch nich sein, so hat dat Wasser doch noch nie ausgesehen, nach bloß eine Woche, bis ich dann die Bescherung sah. Na ja, ich hab mich dann erst mal ängstlich beobachtet einige Tage, aber auf die Körperbehaarung scheint dat Zeug keinen Einfluß zu haben.

Dann der menschliche Aspekt bei Blumen. Mit denen muß man ja reden, die brauchen richtig Zuwendung. Und jetzt sitz ich abends oft da, manchmal stundenlang, und quatsch mit meinem ältesten Kaktus, der kann so schön zuhören, viel besser als Fräulein Liesenkötter zum Beispiel, die Lehrerin von nebenan, die ja jede Menge Chancen bei mir hätte, aber dat weiß se nicht. Die kommt jetzt merkwürdig oft auf einen Sprung vorbei, nachmittags, aber wahrscheinlich nur, weil sie scharf auf meine Ableger ist, dabei hab ich die doch schon Elisabeth Fieken versprechen müssen.

Dat wird ja wieder ein Problem, wenn ich da eine bevorzuge, ist die andere sofort geknickt, wie meine Blumen. Also dat is glatt zum Wiedermitdemrauchenanfangen. In diesem Sinne.

Hubert Lippenblüter und das Auto

Ist Ihnen mal aufgefallen, dat es außer Rauchern nur noch einen bornierteren Menschenschlag gibt? Nein? Dat sind nämlich die Autofahrer. Bisher haben die sich ja geradezu erschreckend vermehrt, noch schlimmer, wie die Chinesen, von denen heißt dat ja zumindest so, kontrollieren kann man dat ja nich von seine bescheidene Warte aus. Ich meine ja auch gar nicht dat Verkehrsverhalten, sondern den zwischenmenschlichen Bereich. Wenn man sich so unterhält, sagen wir mal anne Theke im Kühlen Grund. Und man kommt so ins Gespräch mit einen, dann fragt so'n Autofahrer nicht etwa, sind Sie eigentlich auch Autofahrer? Nein, er fragt, wat haben Sie für einen Wagen? Jedesmal, da können Sie drauf gehen, da kann ich mich schlagrührig drüber aufregen. Ich überlege nu schon seit Jahren, wat man da für eine schlagfertige Antwort geben könnte, aber so wat richtig Dollet ist mir noch nicht eingefallen. Sicher, die normalen Sachen, wie, wat meinen Sie, Zweit- oder Drittwagen? Dat hab ich natürlich drauf. Oder bei einem, der nicht weiß, dat ich Junggeselle bin, sag ich, hörense mal zu, ich habe eine Frau und zwei Töchter, und für vier Autos reichen meine Bezüge bei der Post leider noch nicht, aber dat befriedigt einen ja nich auf Dauer. Dat Dolle dabei ist, dat man so einem Schnösel nicht die Wahrheit erzählen kann, weil er se entweder nicht glaubt, oder er hält einen für verrückt.

Die Wahrheit ist nämlich die, dat ich seinerzeit durch die Fahrprüfung gefallen bin und zwar inne Praxis, Theorie war ich Jahrgangsbester. Alles wat Sie wollen, jedes Verkehrsschild, dat hab ich Ihnen mit verbundenen Augen erklärt, oder Zweikreisbremssystem, Motor, Autoradio, dat hab ich aus dem Effeff beherrscht. Nur dat Fahren war nicht. Ich hab nämlich Angst vor anderen Autos, außerdem hab ich keinen Blick für Größenverhältnisse, wo so ein normaler Verkehrsrowdy mit 120 Sachen durchbrettert, also eine handelsübliche Straßenverengung oder eine Toreinfahrt oder ein Zwischenraum zwischen zwei alten Omas auf'm Zebrastreifen, da fahr ich ganz langsam zentimeterweise durch. Ich hab ja auch drei Fahrlehrer verschlissen, und mehr hatten se nich in der Fahrschule. Dabei hab ich viel mehr Schiß gehabt als die, dat können Sie mir glauben. Ich war immer völlig schweißgebadet, wenn ich nache Fahrstunde aussteigen durfte. Parken war natürlich das Schönste. Ich suchte mir immer eine schöne freie Straßenseite, damals vor – Moment, wie lange ist das denn jetzt her – ja dreizehn Jahre aufn Kopp genau, und da gab et ja auch noch freie Straßenseiten, aber meinen Sie, der Fahrlehrer hätte mich gelassen? Nein, et mußte zwischen zwei fremde Autos sein, und dazu noch ganz teure. Ich konnte gar nicht hingucken, hab immer die Augen zugemacht.

Na ja, meine andere Spezialität war Anfahren am Berg, dat kennen Sie ja. Die Frage war eigentlich immer nur, würge ich den Wagen ab, dafür bleibt er wenigstens stehen, oder setze ich den Motor in Gang und rolle dafür unter den Tanklastzug, der hinter mir hupt. Einmal habe ich einen sehr hübschen Scherz gemacht, als hinter mir so'n blöder Mercedesfahrer sich auf seinem Scheißdreiklanghorn festgesetzt hatte. Da bin ich ausgestiegen, bis zu dem hingegangen und hab gesagt, passen Sie auf, guter Mann, Sie fahren jetzt mein Fahrschulauto den Berg rauf, in der Zeit spiel ich weiter mit ihrer Hupe. Das war herrlich, der hat vielleicht bescheuert gekuckt, da mußte selbst mein Fahrlehrer lachen, war aber dat einzige Mal.

Na ja, ich wollte Ihnen ja eigentlich erzählen, mit wat man sich anne Theke entschuldigen muß, dafür, dat man kein Auto fährt. Dat Umweltargument zieht immer noch, trotz bleifreie Auspüffe, und unser Nahverkehrssystem ist doch sehr gut und als Postbeamter macht man ja relativ wenig Dienstreisen, eigentlich mehr gar keine, dann dat Energiesparen, Benzinpreise und vor allem dat Alkoholargument, ich sag immer, ich bin ein strikter Verfechter des Nulltarifs, wie inne DDR, wer wat trinkt, gehört nicht ans Steuer, und ich trinke abends immer wat, also müßte ich den Wagen stehenlassen und mitte Taxe fahren, dat ist zu teuer.

Auf diese Weise kann man natürlich bequem eine halbe bis eine Stunde Diskussion bestreiten, je nachdem, wie flüssig man noch spricht, aber wozu? Die Leute sehen diese Argumente ja sowieso nich ein. Also so wat Stures wie einen Autofahrer gibt et gar nicht. Gerade vorgestern, ich hatte die Diskussion mit meinem eben erwähnten Alkoholargument zu einem vorläufigen Höhepunkt gebracht, wir hatten erst jeder so zehn, zwölf Schnäpschen und datselbe an Bierchen, sagt der doch glatt, Sie gefallen mir, kommen Sie, jetzt geb ich noch einen aus und dann fahre ich Sie nach Hause. Hamse für sowat Worte? Der war sonst gar nicht so dumm, der Mann. Und 'nen schönen Wagen hat er gehabt, und man hat ihm auch beim Fahren gar nichts angemerkt. Ist ja meistens so. Aber eben dieser Leichtsinn von den Leuten und die Inkonsequenz, na ja. In diesem Sinne.

Hubert Lippenblüter und das Gewichtsproblem

Sie kennen ja Husemanns Willi, der dat Sportgeschäft hat, auch Junggeselle, wie ich, und der kommt die Tage in den Kühlen Grund reingeschossen und sagt: Hubert, wie feindste dat? Ich sage: Wat, Willi? Sagt er, hab ich doch heut gelesen, et gibt DA-Gruppen. Ja, sag ich, und wat is dat, eine neue Untergrundorganisation, davon haben wir doch nu wirklich genug? Nee, sagt Willi, dat kommt aussen Englischen und heißt soviel wie «Anonyme Überesser». Dat sagte mir aber nu auch nix, hab ich erst mal an unbekannte ganz große Pickel gedacht, war aber auch falsch. Ja, sagt Willi, stand in den Artikel z. B. eine Frau, 37 Jahre, wenn dat Kind nache Schule ist, und der Mann auffe Arbeit, dann fällt die regelmäßig über den Kühlschrank her. Ißt se zum Beispiel ein Pfund Eiskrem, ein Bund Radieschen, eine Dose Heringssalat, den Rest Frühlingssuppe von gestern, ein Täfelchen Schokolade, bis se nich mehr kann. Ja, sag ich, dat erinnert mich an einen entfernten Onkel von mir, der hat immer gesagt, satt, kenn ich nich, entweder ich hab Hunger, oder mir ist schlecht.

Wurde Willi schon ganz mies, sagt er Hubert, kannste denn nich einmal ernst sein, dat ist ein Problem und dafür gibt es diese Gruppe, die sich anonyme Überesser nennt, die beraten die Leute, da können se sich ausquatschen und alles. Ich sage, anonyme Überesser ist auch gut, wenn die so spachteln, wie du dat gerade gesagt hast, Willi, dann bleiben die nich lange anonym, so dick, wie die werden. Ich mein, wie willst du mit drei Zentner Lebendgewicht anonym bleiben. Nee, sagt Willi, dat isset doch gerade, die meisten von denen sind schlank, manche sogar hager! Ja, sag ich, du Knallkopp, wo ist denn da überhaupt dat Problem, essen an sich ist doch etwas Herrliches, und wir beiden probieren immer eine Kur nach der anderen, weißt du noch letztens, die mit harte Eier und Äppel, die Leute haben schon gedacht, wir sind Chinesen, ganz gelb und zusammengekniffene Augen ham wer gehabt, vor lauter Verstopfung! Und überhaupt, jetzt entsinn ich mich, da gibt et doch auch sogar eine Kur in meinem Diätbuch, da muß man soviel essen, wie man kann, mindestens 5000 Kalorien am Tag, und immer schön schwer verdaulich, denn brauchste zum Verdauen nämlich mehr Kalorien, als dat de einpfeifst, ein dollet Prinzip, da fang ich gleich morgen mit an. Wat sag ich, sofort! Egon, gib mal drei Frikadellen.

Und Willi wurd immer mieser. Hubert, sagt er, du alter Blödmann, et geht doch um ganz wat anderet, bei diesen Menschen besteht ein Eßzwang, die müssen essen! Ich sag, Willi, dat müssen wir alle, du, ich, Egon, unser Pastor, Fräulein Liesenkötter, und wie ich den Namen aussprech, kommt se auch schon reingeschwebt. Sie hat ja ein Auge auf mich geworfen und hat, wie wir alle in einem bestimmten Alter, wo die körperliche Verfassung mit der Eitelkeit nich mehr Schritt halten kann, Gewichtsprobleme. Ich begrüße se gleich stürmisch mit einem: Na, Fräulein Liesenkötter, wat sagen Sie zu unserer neuen Wunderkur, so viel essen, wie man kann und dabei abnehmen? Meint se drauf, Herr Lippenblüter, ich glaub, Sie haben schon wieder einen kleinen im Schuh am frühen Abend, kann dat sein? Und Husemanns Willi, der Idiot, kaum, dat ich einen auffen Deckel gekriegt habe, wittert er wieder eine Chance, und erzählt den ganzen Sermon mit diese Zwangsfresser noch mal. Und dann fragt Fräulein Liesenkötter ganz interessiert: Wat sind dat so für Menschen? Und Willi rennt blindlings in die Falle. Fast nur Frauen, sagt er, und dat war natürlich genau dat, wat Fräulein Liesenkötter hören wollte. Dat war mein Aufschlag: Ich sag, Willi, sag ich, so kann man dat auch nich sagen, dat sieht wahrscheinlich nur inne Statistik so aus, weil viel mehr Frauen als Männer den Mut haben, dat zuzugeben, dat se sich nich beherrschen können. Auf diesem Schachzug war ich richtig stolz, bis Fräulein Liesenkötter etwas sagte, wat mich zu der Auffassung gebracht hat, dat die meisten Vorurteile Frauen gegenüber den Namen Vorurteil völlig zu Unrecht tragen.

Statt dankbar meinen hingehaltenen Strohhalm zu pakken, fängt Fräulein Liesenkötter, die ich doch im Grunde so mag, an, blind um sich zu schlagen, ohne Rücksicht, ob se Freund oder Feind trifft. Sagt se, hört doch bloß auf, ihr beiden Heuchler, euer Problem ist sowieso nich dat viele Essen, sondern dat viele Bier, da sollten se mal lieber einen Verein gründen. Sprach's und rauschte davon. Und da standen wir beiden Deppen nun völlig bedeppert da. Ich sag, Willi, alter Freund, willste jetzt auch drei Frikadellen? Ja, sagt Willi, jetzt will ich auch. In diesem Sinne.

Hubert Lippenblüter und die Kinder

Ehe, wem Ehe gebührt, sag ich immer, und mein Bruder in Paderborn ist nun mal nicht der Hellere von uns beiden. Nun bin ich ja an der ihrem zweiten Kind Taufpate, und dat ist nun wirklich ein angenehmes Kind, kommt ganz nach seinem Patenonkel. Und die ganze Familie war jetzt letztens übers Wochenende bei uns zu Besuch, dat heißt, geschlafen habense bei unser Mutter, und damit die alte Dame mal schön mit dem Ehepaar ausgehen konnte, hab ich dann gesagt, ich nehme den einen Abend die Kinder. Dazu kommt, dat, wenn ich die Wahl habe, ein Abend in Gesellschaft meiner Schwägerin, die im Vollbesitz ihrer Boshaftigkeit ist, oder ein Abend mit zwei im großen und ganzen gutmütigen und steuerbaren Kindern, mir diese Wahl nicht schwerfällt.

Ich sag also, geht ihr man los, ich mach den Babysitter. Da waren se denn auch alle ganz froh, Samstag abend um halb acht haben se mir dann die Puten vorbeigebracht. Wilhelmine und Heinrich Lippenblüter heißen die übrigens, dat muß man sich mal vorstellen! Statt wenigstens mein Patenkind nach seinem Patenonkel zu benennen, wie es international üblich ist, also Hubert, mußte et Heinrich sein. Mir ist es ja egal, aber die armen Kinder müssen doch drunter leiden! Wie klingt dat denn im Kindergarten: Heinrich, dein Dreirad bricht! Lachhaft. Na ja, jedenfalls waren se jetzt da und wollten wat essen.

Nun bin ich, und da können Sie jeden fragen, universell interessiert und bewandert, aber wat ein Knabe von zwei Jahren und ein Mädchen von fünf bevorzugt zu sich nehmen, weiß ich nun auch nicht so genau. Ich sag also, Wilhelmine, sag ich, wat eßt ihr denn immer so, ich hab alles da, Bier, dann unseren weltberühmten westfälischen Schinken, Katenrauchwurst, Lachsersatz in Öl, Fischstäbchen, Ravioli, alles. Ja, sagt Wilhelmine, am liebsten Hähnchen mit Pommes. Aha, sag ich so, und wo wollen wir dat jetzt herkriegen? Wienerwald, meint se, da muß Papa dat auch immer holen. Also die Kleine ist schon ganz die Mutter. Trotzdem wollte ich et mit Güte und Vernunft versuchen und sag, dat geht doch nicht! Guck mal, erstens kann ich euch nicht alleinlassen, zweitens hab ich dat doch alles eingekauft, und dat muß jetzt weg, und drittens fängt in zwanzig Minuten «Wetten daß» an, und dat will euer Onkel Hubert sehen! Ich also alles schön aufgebaut und die Kinder drumrumgesetzt, Heinrich ist mir noch runtergefallen, war aber nicht sehr hoch, unglücklicherweise hat dat tollpatschige Kind die schöne Butterdose mitgerissen, die war natürlich inne Wicken. Natürlich hätte ich mir dat auch alles ganz einfach machen können und Fräulein Liesenkötter anrufen, aber erstens hätte die mir dauernd in die Erziehung reingeredet und mich wieder in Grundsatzdiskussionen verwickelt, wie: Herr Lippenblüter, Sie sind doch der geborene Vater, warum heiraten Sie nicht? Nä, nä, ich wollte ja auch «Wetten daß» sehen. Also ein Vergnügen war dat nicht.

Natürlich wollten die Blagen dann beide Ravioli, nun hatte ich doch nur eine kleine Dose, ich sag, Wilhelmine, sag ich, der Knochenschinken war viel teuerer und dein Bruder mit seinen drei Zähnen, dem müssen wir beiden

Erwachsenen doch dat Weiche lassen, und in zehn Minuten fängt die Sendung an, und jetzt wird gegessen! Dann kam dat Trinkproblem. Ich hatte, wie gesagt reichlich Bier im Haus, des weiteren eine Dose Limo und eine Dose Cola, dat mögen ja nun alle Kinder gern, dachte ich. Nä, meint Wilhelmine, Mama macht uns immer Hagebuttentee.

Können Sie mir mal erzählen, wo ich sechs Minuten vor «Wetten daß» Hagebuttentee herkriege? Ich sag, dat machen wir jetzt ganz demokratisch, du trinkst Limo, und Heinrich trinkt Cola, sonst gibt et garnix. So, und nun sag einer, mit Kindern könnte man nicht vernünftig reden. Wilhelmine war beleidigt und wollte garnix. Nun hat die Schmollphase beim weiblichen Kind im Gegenteil zur weiblichen Erwachsenen den großen Vorteil, dat der innere Konflikt schweigend bewältigt wird, nur von ein paar Tränen begleitet, die, wie wir alle wissen, ja gesund sind, weil sie den kleinen Körper von Giftstoffen befreien, so dat die Nieren früher Feierabend machen können. Während ich mit meiner Zimmerantenne jonglierte, um dat zweite Programm scharf zu kriegen, schnappte sich Heinrich mein Bierglas und leerte es zur Hälfte. Jeder andere hätte jetzt mit dem Kind geschimpft, aber erstens war et schon eingeschlafen und zweitens hatte ich ja Gottseidank genug im Haus. Wilhelmine und ich haben dann schweigend «Wetten daß» und einen sehr schönen Spätfilm geguckt. Ich bin der Ansicht, dat Kinder sehr bewußt an das Medium Fernsehen herangeführt werden müssen, d. h. verantwortungsvolle Auswahl und gezielte Dosierung, und außerdem, wat hätte ich denn anders machen sollen? In diesem Sinne.

Hubert Lippenblüter und die weibliche Gewalt

O Gott, o Gott, ich kann Ihnen sagen, letztens hat meine Beziehung zu Fräulein Liesenkötter, der Lehrerin von nebenan, einer ihrer schwersten Belastungsproben in ihrer Geschichte standhalten müssen. Et war natürlich auch wieder Alkohol im Spiel, aber ich werde mal von vorne beginnen.

Husemanns Willi hatte Namenstag, und dat ist ja im Sauerland ein hoher kirchlicher Feiertag. Die Protestanten feiern ja mehr Geburtstag, aber et soll jeder nach seiner Fasson selig werden, und wenn mich ein Protestant an seinem Geburtstag zu ein Schnäpschen einladen würde, dat würde ich glatt annehmen, ich sage immer, tolerant muß man sein.

Jedenfalls wir waren schön essen mit ein paar Mann, allet Herren natürlich, Beckmanns Jupp, Dr. Fährmann, Willi Papenkort. Den Vikar haben wir diesmal nicht mitgenommen, der verträgt nämlich nix und redet dann immer so dusseliget Zeug, von wegen eigentlich hätt er Lokomotivführer werden wollen, furchtbar, jedesmal dasselbe. In diesen Steakhouse, wat se da jetzt im Nachbarort aufgemacht haben, war et auch sehr gut, mit Kegelbahn gleich dabei, Willi hat wieder gewonnen, Kunststück, mit seinen Sportgeschäft, jedenfalls war et ein schöner gelungener Namenstag, und der sollte natürlich, wie immer in Kühlen Grund sanft ausklingen. Wie et der Teufel will, sitzt da Fräulein Liesenkötter mit einem Damenkränzchen, Elsbeth Biersling, Ziska Bokelmeier, Elisabeth Fieken, meine neue Nachbarin, die haben sich ja ganz dick angefreundet, dat hab ich Ihnen noch gar nicht erzählt. Na ja, jedenfalls die saßen alle da, hatten sich auch schon ganz schön die Likörkes reingetan, glühten schon, wie die Würmchen und waren am Schnasseln. Ein Geräuschpegel in der Kneipe, man verstand seinen eigenen Trinkspruch nich.

Ob et jetzt deswegen war, oder wieso wir darauf kamen, ich weiß et nicht, plötzlich dat Thema: Frau und Gewalt. Also mehr in diesem Sinne, dat Frauen doch eine ganz intime Beziehung zur Gewalt haben und zwar als Auslöser, nicht etwa als Ausführende. Husemanns Willi fing, glaub ich, damit an, sagt er, stellen wir uns doch nur mal vor, wir befinden uns in Gesellschaft einer Dame, sagen wir auf einer Bank, im Grünen, man fängt an, sich näher zu kommen, auf einmal ein Schrei: Ihhhh, Willi guck mal dat fiese Tier, mach dat tot! Man kriegt einen furchtbaren Schreck, guckt überall, wer da dat Leben der begehrten Frau bedroht, und sieht erst mal überhaupt nix, bis man dann dem ausgestreckten Zeigefinger der völlig Verstörten folgend, denn sprechen kann se natürlich nicht mehr, nur noch erstickt schluchzen, bis man dann also einen ganz kleinen Käfer sieht, dem drei Beine fehlen, und der kaum noch voran kommt. Der krabbelt also auffe Bank rum und ist froh, dat er lebt. Man versucht et noch, sagt, Mann, der tut doch nix, komm, ich puste ihn runter, nix da, die Furie fordert seinen Kopf, wie Salome den von Johannes dem Täufling seinerzeit, und man nimmt also seinen Schuh und vollstreckt.

Jetzt müßte se ja eigentlich sagen: Danke mein Held, mein starker Ritter, du hast drei Wünsche frei. Weit gefehlt. Sie äußert nämlich, und dat sehr laut: Ihhh, mach die Schweinerei weg. Und dann nimmt man ein Tempotuch, packt den Käfer adé da rein und rennt zum nächsten Abfallkorb, und da stehn dann schon zehn andere arme Indioten Schlange, alle mit Tempotücher inne Hand. Dat ist die Wahrheit über dat schwache, zarte Geschlecht, und so erklärt sich auch die Weltgeschichte plötzlich ganz logisch.

So weit Husemanns Willi, in der Zwischenzeit hatte sich Fräulein Liesenkötter zu uns anne Theke geschlichen, von allen unbemerkt, wir hatten uns ja kaputtgelacht, und nun ertönte ihre Stimme wie Trompetenschall: Sehr komisch, Herr Husemann, und dat Sie, Herr Lippenblüter, darüber lachen, enttäuscht mich ein bißchen, ich hatte Ihnen etwas mehr zugetraut, als dat Niveau von Altherrenwitzen, denn bis Sie bei der nudelholzschwingenden Furie angelangt sind, ist ja wohl nur noch eine Frage der Zeit. Husemanns Willi krümmte sich vor Lachen und sagte, Hubert, sieh mal zu, wie du da heil wieder rauskommst. In diesem Moment, unser lieber Herrgott hat doch ein gutes Herz, krabbelt eine kleine Spinne über der Theke, direkt auf Fräulein Liesenkötters entblößten Unterarm zu. Ich sage: liebes Fräulein Liesenkötter, die Geschichte war einfach komisch, mein Gott, wir beide wissen doch, dat Sie nie von mir verlangen würden, diese kleine Spinne, die da zielstrebig auf Sie zukommt, zu ermorden, stimmt's? Dat hat se dann auch nich getan, in diesem Sinne.

Hubert Lippenblüter und die Reisevorbereitungen

Also eins kann ich Ihnen sagen, wenn ich nächstes Jahr in Urlaub fahr, also wenn ich überhaupt fahren sollte, dann kommt mir aber vorher keine Frau inne Bude, bis der Koffer gepackt ist. Aber ich sehe schon, ich muß ein bißken weiter ausholen, damit Sie überhaupt wissen, wat ich damit ausdrücken will.

Wenn einer eine Reise tut, dann soll er rechtzeitig packen, heißt et doch in diesem Volkslied, und ich fang so ungefähr eine Woche vorher immer schon mal an, damit ich die ganzen Brocken auch zusammenkriege. Diesmal wollt ich ja nach Italien, Singleurlaub, und in dem Prospekt stand, erfahrene Animateure sorgen für abwechslungsreiche Unterhaltung rund um die Uhr. Animateure hatte ich ja erst etwas mißverstanden, dat sind einfache Reiseleiter, und zwar

Männer, na ja, jedenfalls Sport, Spiel, Piratenfahrt, Grillen am Strand, Ausflüge auf den Ätna, dat war nämlich Sizilien, wo ich war, und da ist der ja auch und spuckt Feuer und Schwefel inne Landschaft. Und et wurde ausdrücklich darauf hingewiesen, dat sich die Temperaturen in dieser Höhe um den Gefrierpunkt bewegen. Also man steigt bei 35 Grad plus in den Bus, und wenn der Bus am Kraterrand zum Stehen kommt, ist man auf dem Nullpunkt, dat heißt, da muß man dann Pullover, dicken Wintermantel und Handschuhe anhaben, wenn man aussteigt, so hatte ich dat verstanden.

Nun war beim ersten Probepacken der Koffer aber schon voll mit den zwei Pullovern, einer zum Wechseln, falls man die Tour zweimal macht, dem Mantel und meine Skischuhe, die mir Husemanns Willi, der dat Sportgeschäft hat, mal so günstig überlassen hat, wegen Lackschäden. Da war noch nicht eine Unterhose drin, keine Badehose, kein Sonnenöl, kein Skatspiel, nix. Also Mantel raus, dacht ich, die zwei Pullover reichen ja, und wenn et zu kalt ist, kann man auch im Bus bleiben, der ist ja sicher geheizt, dachte ich so.

Also der Tanz auf dem Vulkan war schon mal gerettet. Nächster Punkt: Sport. Na ja, dacht ich, einen Ball werden se ja wohl haben bei diesem großen renommierten Reiseunternehmen, dem ich mich für viel Geld anvertraut habe, hab ich gedacht, aber diese ausgefalleneren Sachen, wie Federballschläger, Gummiboot zum Aufblasen, dann den Expander, den mir Husemanns Willi mal zum Geburtstag geschenkt hat, dat wird man sicher mitnehmen müssen. War der Koffer wieder voll und immer noch keine Unterhose. So dachte ich, nun ändern wir die Packtaktik radikal: Ich also die Vulkankleidung und den ganzen Sportkram rausgeschmissen aus dem Koffer und mal andersrum probiert. Also: wenn man drei Wochen da ist, dat heißt 21 Tage, macht dat elf Unterhosen, großzügig gerechnet, weil ich ja jeden zweiten Tag wechsle. Jetzt hör ich Sie schon schreien, wat der Hubert Lippenblüter, dat Ferkel, nich mal jeden

Tag ’ne frische Unterbuchse? Also: Erstens hab ich gar keine 21 Unterhosen, bin ja nich Rockefeller, zweitens trägt man im Urlaub tagsüber in tropischen Ländern wie Italien oder Mallorca ja sowieso Badehose, hat also die Unterhose maximal von 18.00 Uhr, wenns Abendbrot gibt, bis 24.00 Uhr, wenn die Kneipe dichtmacht, an, im Gegensatz zu normal, wo die durchschnittliche Tragezeit einer Unterhose sich auf immerhin 14 bis 16 Stunden, am Wochenende sogar länger beläuft. Also sind elf genug. Dann elf Hemden, aus derselben statistischen Erhebung heraus, drei Hosen, zwei Paar Schuhe, Kulturbeutel, eine Strickjacke für abends, wenn et kühl wird, elf Paar Socken, ein Paket Tempotücher und ein Badetuch. Da war der Koffer wieder voll, da war aber immer noch nicht der helle Sommeranzug und der Bademantel drin.

Da hab ich erst mal alles stehen und liegen lassen und bin mir innen Kühlen Grund einen trinken gegangen. Nächsten Abend hab ich dat dann wieder probiert. Wie ich gerade die Badesachen verstaut habe, klingelts, isses meine Nachbarin, Elisabeth Fieken, diese geschiedene Lebedame, die mich immer umkreist wie der Förster dat Rehlein. Salz wollt se sich borgen, sagte se, auch der dümmste Vorwand, als ob abends noch einer weichgekochte Eier ißt, jedenfalls sieht se durch die Tür meinen Koffer und fragt: Wollen Sie ausziehen? Ich hab ihr dann alles erklärt, sagt se glatt, Herr Lippenblüter, wissen Sie wat, ich packe für Sie, so wat kann nur eine Frau machen. Ehe ich wat sagen konnte, war se schon in meinem Schrank verschwunden, packt alles in den Koffer und sagt: Und wo ist Ihr zweiter Koffer? Ich sage, wat zweiter Koffer, in einer Hand habe ich doch die Tüte mit dem zollfreien Schnaps, den et auf den Intercityflügen immer gibt, wo soll ich denn da einen zweiten Koffer unterkriegen? Ja wie, sagt se, ich hab Ihnen hier doch mal nur dat Notwendigste für ein mittelmäßiges Nachtleben eingepackt, viel haben Sie ja sowieso nich, wat man so als modisch bezeichnen könnte, aber Sie brauchen doch auch noch Badehosen, Bademantel, 21 Garnituren Unterwäsche, Hemden, Handtücher, Kosmetika... Gottseidank rief in diesen Moment zufällig Husemanns Willi an, und ich hatte einen Vorwand, um sofort zu verschwinden, mit den Worten, das tut mir ja herzlich leid, Frau Fieken, aber et ist ein Notfall.

Ich hatte ja schon Mühe genug, Ihnen zu erklären, wieso man für drei Wochen Sizilien keine 21 Unterhosen braucht, wie hätte ich dat denn dieser Nitribit klarmachen sollen. Na ja, nächstemal erzähle ich Ihnen dann, wieso elf Unterhosen noch zuviel sind. In diesem Sinne.

Hubert Lippenblüter in Köln

Ich war doch letztens übers Wochenende in Köln bei meinem Vetter Erich, der ist auch Junggeselle, aber nicht so'n Seriösen wie ich, sondern ein ganz Wilden. Der hat sogar statt einem normalen Knipsschalter für dat Licht einen Drehknopf, da kann man so peu a peu dunkel machen, bis dat et so ganz schummrig inne Bude wird, also dat wär ja nichts für mich. Im Sauerland gibt's nur an oder aus, da weiß man, wo man dran ist.

Da sind überhaupt Welten zwischen, obwohl dat mit'n Zug nur 135 Kilometer sind. Nu wohnt mein Vetter auch noch ganz zentral, mitten im tiefsten Sündenbabel und Samstagabend ham wir dann erst mal einen Zug durch die Gemeinde gemacht, dat heißt, vorher ham wir gegessen, von wegen eine anständige Grundlage, dat heißt hab ich gedacht. Wer mal im Sauerland war, der wird mir zugeben, dat wenn man da in einem von unseren dörflichen Gasthöfen wat zu essen bestellt, man auch wat kriegt, wat diesen

Namen zu Recht trägt, und wenn man dann aufsteht vonnen Tisch, da weiß man, wat man getan hat.

Dat ist ja nun in einer Großstadt etwas ganz anderes. Waren wer in so einem vornehmen Ding mit Gold auf'n Klo und so und haben Steak bestellt, 16,80 DM. Ich denk, na, dat wird ja dann mindestens ein halbes Pferd sein, dann kam dat, und ich seh erst gar nichts, nur einen Salat, der auch schon bessere Tage gesehen hatte. Ich frage meinen Vetter Erich, wo das Steak wäre, ob dat vielleicht später kommt, nach'm Essen, sagt der, musse suchen, und richtig, unter einem besonders großen Salatblatt hatte man es geschickt verborgen. Ein kleines dünnes Scheibchen, ich wollt es bald nicht glauben. Ich sag, haben die hier ein Beschwerdebuch, ich möchte mein Steak einkleben. Na und wie ich noch still und fassungslos vor dieser Unverschämtheit sitze, kommt der Ober und fragt scheinheilig, stimmt etwas nicht? Doch, sag ich so, dat Steak ist nur so heiß, und pusten trau ich mich nicht, dann fliegt et weg. Hat er dumm geguckt und ist abgezogen, den nächsten übers Ohr hauen. Dann war bei meinem Vetter im Salat eine kleine Schnecke. Ich meine, sowat macht mir als Landkind ja nun gar nichts aus, aber er war sich am Schütteln. Ich sag, Erich, sag ich, freu dich doch, dat bedeutet gutes Wetter, fand er aber nicht so lustig.

Na ja, nach dem Reinfall mußten wir ja nun wat essen gehen, sind wir in so ein Hähnchenlokal gegangen, hing da ein Schild, der Knüller, Hähnchen zum selben Preis wie 1970. Na denk ich, dat ist aber nobel, alles andere kostet ja mittlerweile dat Doppelte, na ja, und wie dat Tier so tot und angekokelt vor mir lag, kam et mir so vor, als wären die 1970 auch doppelt so groß gewesen, aber wahrscheinlich haben nur meine Augen etwas nachgelassen, oder et geht mit den Hühnern genau wie mit den Konservendosen, steht ja auch immer drauf: Gewichtsverlust durch Erhitzen.

Na, nun war es mittlerweile auch schon zehn Uhr geworden, Zeit fürs Nachtleben. Sagt mein Vetter: Hubert, nun zeig ich dir wat, wat du bestimmt nicht kennst, jetzt gehen wir inne Peepshow. Wat Peepshow, sage ich, wat mit Vögeln, Kanarienausstellung oder wie? Sagt der nur, du wirst schon sehen, hast du Markstücke? Hatt ich. Ja und, wat soll ich Ihnen sagen, ich war doch sehr enttäuscht. Also ich will dat mal so ausdrücken, stellen Sie sich vor, Sie gukken durch ein Schlüsselloch und sehen ein Baby, wat auf eine Decke liegt und sich so rumrekelt, wie dat Kinder so machen. Ja und dat ist et schon, nur dat dat Schlüsselloch nach einer Minute zugeht, und erst wieder auf, wenn man wieder eine Mark einschmeißt. Dat ist eine Peepshow. Und nun müssen Sie sich noch vorstellen, dat Baby ist etwas älter, so um die zwanzig. Ich hab dat jetzt mal so ein bißken umschrieben, weil dat lesen ja auch Kinder, obwohl, wenn die lang genug aufbleiben, sehen se mitunter fast dasselbe im Fernsehen, so in Musiksendungen, gefällt mir gut, an und für sich. Letztens war Fräulein Liesenkötter, die Lehrerin von nebenan, gerade da, zufällig, als dat lief, war se ganz entsetzt, sagt se, wie kann eine Frau sich so entwürdigen lassen. Se hat gut reden, als Beamtin, heutzutage ist dat ja für junge Leute nicht mehr so einfach, eine Arbeit zu kriegen, und dann Staatsdienst, da brauchen Sie ja nur mal ein Stück inne Demonstration mitgehen, weil Sie zufällig den gleichen Weg haben und werden geknipst, schon Essig, heißt et gleich, Sie hätten den Boden des Grundgesetzes unter den Füßen verloren.

Na ja, wir waren dann noch in einer Bar, da liefen dann Filme, und zwischendurch traten dann auch ein paar Damen auf, die waren aber alle schon älter, dat hat mir nicht so gefallen, hat mich mehr an dieses Märchen erinnert: Von einer, die sich auszog, um das Fürchten zu lehren. Aber noch erschreckender waren die Preise. Mein Vetter wollte ein bißken auf'n Putz hauen, hat er Sekt bestellt, da kriegen Sie bei uns einen Gebrauchtwagen für. Und die Frau hinter der Theke wollte immer noch mittrinken, als ob die dat nicht billiger kriegte, als wir, also richtig lästig war die. Wie im Kreuzworträtsel: Nächtlicher Greifvogel mit sieben Buchstaben: Kennen Sie dat? Bardame. Sehen Sie. Ich war jedenfalls froh, als dat Nachtleben vorbei war. In diesem Sinne.

Hubert Lippenblüter und der Spritlaub

Standen wir letztens wieder mit alle Mann anne Theke im Kühlen Grund, Husemanns Willi hatte gerade eine Thekenrunde geschmissen, weil er et doch sage und schreibe sechs Monate geschafft hatte, seinen Deckel nicht zu bezahlen, kommt unser Pastor rein, der ja einem guten Tröpfchen gegenüber ein ausgesprochen herzlichet Verhältnis hat, weswegen wir ihn ja auch alle so mögen. Er war bester Dinge, irgendwie kam dann dat Thema auf Urlaub, sagt er plötzlich, habt ihr, meine lieben Schafe, und ich denk hallo, wenn er nämlich schon anfängt mit, meine lieben Schafe, dann ist der Bär los bei unsern Pastor, habt ihr schon mal wat von Spritlaub gehört, und fängt so an zu schmunzeln. Ich sag, nee, Herr Pastor, wat soll dat denn sein, eine neue Energiequelle? Und Husemanns Willi gleich, mein Gott Hubert, gibt et für dich eigentlich noch ein anderet Thema, wie die Grünen, in deinem Alter?

Ich hätt ihn wieder abschießen können, ich sage, wieso sind energiepolitische Vernunft und neue Einfälle eine Altersfrage? Hör doch auf, sagt er, bloß weil du seit Jahren in Petra Kelly verknallt bist, und dat war nun eine Gemeinheit von ihm, weil er dat nur gesagt hat, damit Fräulein Liesenkötter dat hört. Wo unser Verhältnis doch im Moment sowieso ungeheuer kompliziert ist, d. h., ich war schon mal drauf und dran, ihr einen Antrag auf Inangriffnahme einer

Art Probezeit für eine versuchsweise Zeitspanne, die man am besten als Vorstufe eines unverbindlichen, beiderseits jederzeit kündbaren quasi gleichsam Präverlobungsstadiums bezeichnen könnte, zu machen, und da sagt die doch glatt zu mir, se fänd mich ziemlich keß. Ja, sag ich, wer nich wagt, der nich gewinnt, und dann fing se an zu lachen und meinte, dat hätt se ironisch gemeint, da war ich natürlich sauer, als ob dat der Zeitpunkt für Ironie ist, wenn ein Mann sein Herz weit öffnet und dasteht wie Achilles mit seine Verse, nich, so verwundbar. War natürlich erst mal Sense, aber dat erzähl ich ihnen ein andermal, war jedenfalls eine Schweinerei von Husemanns Willi.

Aber zurück zu unsern Pastor. Sagt er nein, sagt er, Spritlaub kommt von spirituellen Urlaub und bedeutet, dat man in manche Klöster fahren, da 14 Tage Urlaub machen und Abstand von diese Welt gewinnen kann. Ja wie, sagt Dr. Fährmann, dat ist ja so'n bärbeißigen, muß man da den ganzen Zirkus mitmachen, morgens um 6 Messe, mittags beten, Abendandacht, 8 Uhr Licht aus, kein Fernsehen, keine Kneipe, kein gar nix, wat ist denn daran Urlaub? Nein, sagt unser Pastor ganz geduldig, dat müßt ihr so sehen, wie Meditation, Yoga oder Selbstfindung, dat gibt et doch jetzt viel. Aber Dr. Fährmann war gar nicht zu bremsen, hatte auch schon ziemlich die Lampe an. Wat schreit er, Yoga, den ganzen Tag auffen Kopp stehen, wie käm ich denn dazu, dat is allet dieset neumodische Zeug, wat nur Geld kostet, dat is alles eine Frage der Ernährung, morgens einen Löffel Weizenkleie, abends ein warmes Fußbad und bei offenem Fenster schlafen, wenn dat alle täten, wär ich schon längst pleite. Also der Doktor war gar nicht mehr zu bremsen, ich mußte dann nun unbedingt der Vernunft wieder an die Luft helfen und sag: So, ja, dat macht Sinn, dat die Menschen in Zeiten, wo se den Gürtel enger schnallen müssen, wo die Atomgefahr droht und manche nur noch schwarz sehen, einen Weg suchen, sich auf sich selbst zu besinnen, alternative Modelle anstelle der normalen Werte.

Und da fiel mir doch Husemanns Willi schon wieder ins Wort, sagt er, Hubert, mit deinem Gesäusel in letzter Zeit, dat ist ja nich mehr normal, wat sagen eigentlich deine Kollegen auffe Post, oder deine Kunden? Ich hab dann gar nichts mehr gesagt, hat ja kein Sinn, wenn Dummheit und Bosheit Brüderschaft trinken, dann soll man sich fein raushalten, hat unser Opa immer gesagt, und dem haben se so manches Bierglas übern Kopp gehauen, der wußte, wovon er sprach.

Willi war dann gar nicht mehr zu bremsen, sagte er, dat fänd er ganz doll, da hätte man doch sicher unheimlich Späßken. Erst mal die Frage, wie man den ganzen Alkohol, den man so braucht, um 14 Tage Kloster zu überstehen, reinschmuggelt, so mit ausgehöhltem Gebetbuch, und Geheimtaschen im Jackett, dann abends, wenn ab 8 Uhr Bettruhe wär, mit Kleidern und einem Kürbis einen Strohmann auf die Pritsche zaubern und dann ab durchet Fenster am Bettlaken runterlassen. Oder, wat dat Schärfste wäre, Damenbesuch in eine geklaute Kutte reinschmuggeln, am Portier vorbei und den womöglich noch bestechen mit ein Zwanzigmarkschein, damit dat man eine Doppelzelle kriegt ... also Willi war völlig außer sich, der wollte nachher von unserm Pastor gleich alle Klosteradressen haben und wollt sich dat billigste raussuchen, für unseren Kegelklub, dat müssen Sie sich mal vorstellen! So etwas Unreifes, wie den Mann hat die Welt ja noch nich gesehen, aber da kennt er mich schlecht! Ich meld mich jeden Abend freiwillig als Portier, und wenn er dann an mir vorbei will mit seine sündige Maria Magdalena, dann schick ich ihm jeden Abend, den unser Herrgott kommen läßt, den Abt auffe Bude, nachdem ich die 20 Mark gekriegt habe wohlgemerkt, denn bißken Spaß will ich ja auch haben bei diesem Spritlaub. In diesem Sinne.

Hubert Lippenblüter und die erste Klasse

Letztens bin ich doch mit dem Zug nach Paderborn gefahren, mal wieder meinen Bruder besuchen. Der ist doch da so unglücklich verheiratet, und dat is ja nicht so weit von uns weg, und da ritt mich doch der Schalk den Tag, hab ich gedacht, fährst du einfach mal erster Klasse. Nun ist dat ja sauteuer und eigentlich darf man gar nicht darüber nachdenken: Ich finanziere die Bundesbahn mit meinen Steuergroschen, und wenn ich selbst mal fahren will, langt dat Geld nur noch für zweitklassige Reisen.

Na ja, jedenfalls wollte ich mal die Menschen kennenlernen, die sich dat leisten können, müssen ja besonders schön und tüchtig sein, bin ich also rein in so ein Abteil, wo schon zwei von diesen besonderen Menschen drinsaßen, ein Herr mit Diplomatenkoffer, auffe Knie, nicht im Gepäcknetz, und eine ältere Dame, aber so eine Schreckschraube, die einem auffen ersten Blick unsympathisch ist. Dat ich dem Herrn auf die teuren Schuhe getreten bin, war nun wirklich ein Versehen, aber weil er sich dann so angestellt hat, dachte ich, warte, Freundchen! Ich hab dann ganz langsam meinen alten Trenchcoat ausgezogen und ihn gut ausgeschüttelt, es regnete ja leicht den Tag, und man soll so einen Mantel nie so ganz klatschnaß aufhängen, dann hat man nämlich auch 25 Jahre Freude an so einem Stück. Dann hab ich noch einen Moment im Stehen dieses Klima eisiger gesellschaftlicher Ablehnung eingeatmet, wat sich in diesem Abteil gebildet hatte, hörbar eingeatmet hab ich dat, und dann habe ich mich aus großer Höhe genau neben die alte Gewitterziege plumpsen lassen, dat et die erst mal einen halben Meter aus den Polstern hob.

Natürlich hätte ich mich eigentlich ans Fenster setzen sollen, einem ungeschriebenen Bahnreisegesetz folgend, dat ja lautet: Wenn du schon kein leeres Abteil findest, dann setz dich wenigstens so weit es eben geht auseinander. Aber dat wollte ich ja gerade nicht beziehungsweise eben gerade! Ich säusele also mit meinem samtigsten Kirchenchorbariton: Gnä' Frau haben doch sicher nichts dagegen, wenn ich neben Ihnen sitze, mir wird nämlich am Fenster immer schlecht. In diesem Moment sehe ich ein Schild, dat mir sagt, dat in diesem Abteil Rauchen vorgeschrieben ist, ich also meine alten Kiepenkerlzigarillos, Bahndamm Schattenseite, rausgeholt, und binnen einer Minute stand die Bude aber unter Dampf, sag ich Ihnen. Die Nichtraucher werden ja immer militanter, und da muß man, finde ich, die letzten Raucherbiotope mit Zähnen und Klauen verteidigen!

Der Kerl springt auf und reißt dat Fenster auf, wie er saß, hab ich dat natürlich sofort wieder zugemacht und gesagt, ich vertrage keinen Zug und die Dame hat auch schon eine Gänsehaut. Sag ich so und piek so mit dem Zeigefinger in ihren blaugeäderten Oberarm. Also die hat geguckt, ich hab mich ja bald nicht mehr eingekriegt, wenn Blicke töten könnten, würden Sie dat alles jetzt nicht erfahren. Aber dann kam ja erst dat allerbeste: ein Erfrischungswägelchen mit Würstchen, Kaffee und Bier. Und zwar sind dat Bierdosen. Haben Sie schon mal eine Bierdose fallen lassen und dann sofort geöffnet? Ich meine, gut, die nahmen da Preise für diese Lebensmittel, dat ist ungeheuer, ich sag noch zu dem Kellner, ist das mit Grundstück? Hat er natürlich nicht verstanden, aber egal, ich brauchte ja diese Dinge, einmal dat Würstchen, damit mir der Pappteller mit dem Senf mit der richtigen Seite nach unten auf den Herrn seinen Diplomatenkoffer fallen konnte, und dann die Bierdose, wie gesagt.

Et war ganz wunderbar, alles klebte und ein köstlicher Duft, genau, wie im Kühlen Grund, nachts um zwei, wenn offiziell schon geschlossen ist. Et fehlte nur noch mein Freund Husemanns Willi, der hätte glatt dat Erfrischungswägelchen zurückgeholt und geschrien, auf den Schreck geb ich eine Lokalrunde, aber damit hätte ich mich finanziell doch überhoben. Nächstes Mal kauf ich mir die Sachen vorher bei Aldi, und dann such ich mir ein fast volles Abteil, bin ja jetzt vertraut im Umgang mit Erstkläßlern, und dann mach ich die Nummer mit Asti Spumante, gut geschüttelt. Dann verteile ich Pappbecher und sage, Prösterchen, Ibiza ist kein Klösterchen, wie ich dat auf Mallorca gelernt habe, mit dem Kegelklub, und dann werden wir ja sehen, ob ich immer noch allein dastehe mit meinem Gemeinschaftsgefühl. In diesem Sinne.

Hubert Lippenblüter und die öffentlichen Damen

Ich kann Ihnen sagen, je älter man wird, desto unheimlicher wird man sich auch, finde ich wenigstens. Oder haben Sie noch nie inne Straßenbahn gesessen und sich in Gedanken mit der Schaffnerin beschäftigt, aber weniger mit der beruflichen Seite? Oder mit einer Politesse? Nun sollte man ja meinen, dat so ein weiblicher Würgeengel, denn die haben ja eine rein strafende Funktion in diesem unserem Staatswesen, dat der nun auch so aussieht, also ein grausames Gesicht, wie aus Granit, tückische, lauernde Augen verborgen zwischen tiefhängende Augenlieder, muskulös, drahtig, Hände wie Klodeckel – aber da müßten Sie mal unsere Politesse sehen, ein Gesichtchen wie Meißner Porzellan, zarte Kinderhände, klein, und eine Figur, wo sogar dieses altertümliche Jackenkleid, wat die immer anhaben, aussieht wie ein Morgenmantel aus Importseide.

Ich meine, bei einer Kellnerin ist dat ganz etwas anderes, die kennt man ja, weil man hierzulande nicht heute in die und morgen in die Kneipe geht, und dat Personal wechselt auch nicht von einem auf'n anderen Tag, das stirbt mit dem Gastwirtsehepaar aus, also, sozusagen. Da macht man schon mal einen derben Scherz, aber dat ist nicht weiter ernst gemeint, und außerdem sind Kellnerinnen immer in festen Händen, und man weiß auch in welchen, und das gebietet einem dann schon die Kameradschaft. Aber so eine Schaffnerin oder eine Politesse, dat ist ja ganz etwas Anonymes, irgendwie entrückt. Ich weiß nicht, ob dat alles der Staatsdienst macht, ich bin ja nun selber Postbeamter, aber die Begegnung von Mensch zu Mensch am Schalter verläuft doch immer sehr, wie soll ich sagen, flüchtig, eine 80er oder mal ein Telegramm, Oma tot, Testamentseröffnung Freitag, den 13., ist dann auch schon alles. Aber mit so eine Schaffnerin, da fährt man doch unter Umständen ein ganzes Stück auf dem gemeinsamen Lebensweg zusammen, und doch diese Unnahbarkeit. Da hab ich mich letztens mit Husemanns Willi drüber unterhalten. Sagt Willi: Du spinnst doch, das sind doch ganz normale Menschen aus Fleisch und Blut, und da kann man als gestandener Junggeselle die Unwiderstehlichkeit genauso ausprobieren wie auf'n Schützenball. Ich sage Willi, sag ich, dat will ich sehen, wir fahren Straßenbahn und ich guck mir an, wat du machst. Dabei hat Willi ja ein dicken Wagen, der fährt nie Straßenbahn und ist mit den Verhältnissen in einem öffentlichen Verkehrsmittel überhaupt nicht vertraut. Egal, wir sind gefahren, die Schaffnerin kommt an, und Willi sagt: Gnä' Frau, ich muß Ihnen sagen, ich fahre sonst nie Straßenbahn, ich habe ja einen Wagen ... und da fährt se ihm schon inne Parade und sagt, Sie glauben ja gar nicht, wie wir Sie vermißt haben. Willi hat erst doof geguckt, aber dann sagt er, wat mich noch interessiert, sagt er, ist dat nicht lästig, immer so'n Jackett an, Käppi auf und dann die Tasche mit dem vielen Kleingeld um, das muß doch sehr lästig sein? Nö, sagt se, lästig ist nur, wenn irgend so'n Idiot danach fragt. Ich denke, Willi, Willi, hör bloß auf, das war mir richtig peinlich, aber meinen Sie, der hätte Ruhe gegeben? Sagt er: Wat würden Sie denn sagen, wenn ich Sie nach dem Dienst abhole und wir einen kleinen Zug dahin machen, wo die Straßenbahn nicht fährt? Sagt se: Geben Sie sich keine Mühe, da holt mich schon mein Mann ab, der kommt um die Zeit immer vom Karatetraining.

Jeder andere hätte ja nun die Klappe gehalten, nicht so Willi, der tut ganz freudig aufgeregt und sagt, dat trifft sich ja wunderbar, dat wird den Herrn Gemahl ja besonders freuen, dat Sie meine Bekanntschaft gemacht haben, ich habe nämlich dat größte Sportgeschäft am Platze, hier ist meine Karte, über Ihren Besuch würde ich mich wirklich sehr freuen. Ja, dann mußten wir Gott sei Dank aussteigen, und wie wir zu Willis Wagen kommen, ist doch eine Politesse gerade dabei, ihm ein Knöllchen dranzumachen. Ha, sagt Willi, die Schaffnerin war nur ein Teilerfolg, dat gebe ich zu, aber diese Festung wird im Sturm genommen, und rennt auf den Wagen zu, daß ich kaum mitkomme. Dat arme Mädchen denkt natürlich, jetzt steht ihr das übliche Palaver bevor, wat ja jeder Autofahrer macht, und sie guckt schon so, ich weiß nicht wie, aber Willi nimmt den Zettel, verbeugt sich und sagt: Ich kann mir nicht denken, dat Sie dat gerne tun, aber ich möchte Ihnen wenigstens sagen, dat ich dat gerne bezahle, weil es von Ihnen kommt. Wenn mein Freund, der Polizeipräsident, dat selber gemacht hätte, hätte er Ärger gekriegt, weil ich dann darauf bestanden hätte, dat er mir die 5000 Mark sofort zurückzahlt, Sie sehen, der Mann ist mir verpflichtet, kann ich Ihnen irgend etwas Gutes tun, ich meine, außer Sie heute abend zum Essen einzuladen?

Und nun, ob Sie es glauben, oder nicht, ich hatte das ganz sichere Gefühl, dat se sagen würde: Ich wäre Ihnen wirklich sehr verbunden, wenn Sie mir Ihren Freund vorstellen würden. Aber dat hat se dann doch nicht gesagt, se hat überhaupt nichts gesagt, nur gelächelt, also eigentlich war et mehr ein dümmliches Grinsen und ist weitergegangen. Ich hab dann gesagt, komm Willi, warten wir auf'n nächsten Schützenball, nee, sagt er, jetzt gerade nicht, jetzt gehn wir ins Kaufhaus, jetzt will ich dat wissen. Na ja, wir da rein, er zielstrebig auf die Abteilung Damenunterwäsche zu und fängt an zu wühlen, ich wußte gar nicht, wo ich hingucken sollte. Kommt die Verkäuferin an, ein sehr nettes Mädchen, und fragt: Suchen Sie etwas Bestimmtes? Ach wissen Sie, sagt Willi, ein Geschenk, sagen Sie, wenn Sie meine Freundin wären, was würden Sie sich wünschen? Da sagt die doch, erst mal ein anderen Freund! Ich mußte mir ja dat Lachen verbeißen und sag nur: Willi, Schützenball. Recht haste, sagt er, ein Mann weiß, wann ein Mann aufgeben muß. Ja, in diesem Sinne.

Hubert Lippenblüter und die Weinprobe

Wissen Sie, et ist ja so, man muß ja nicht alles mögen. Jeder soll nach seiner Fasson selig werden, hat Goethe einmal gesagt. Aber sagen Sie dat mal einem eingeschworenen Weintrinker, wie meinem Vetter Herbert. Da können Sie aber wat erleben. Der wohnt ja in Bamberg, da ist er schon von Kindesbeinen an hingezogen. Seine Eltern sind sowieso völlig aus der Art geschlagen. Die haben eine Heizungsfirma, wat weiß ich. Jedenfalls ein Geschäftsgebaren wie die Schwaben, nichts mehr von Landwirt und Scholle oder Postbeamter wie ich. Allerdings sind se auf die Art zu sehr viel Geld gekommen. Aber dat macht ja auch nicht glücklich, sag ich immer.

Nun bestätigen aber Ausnahmen die Regel, denn mein Vetter Herbert ist ausgesprochen glücklich. Also dat spielt schon sehr stark ins Selbstgefällige hinein. Er hat auch ein wunderschönet Häusken, und da war ich jetzt letztens mit Husemanns Willi mal über ein langes Wochenende. Mit dem Mercedes geht dat ja schnell. Dat Häusken ist wirklich eine Wucht, mit mehrere Gästezimmer, und dann diese Gegend, die ist sehr malerisch, fast so schön wie bei uns, bis auf die Weinhänge, die haben wir ja nicht. Diese ganze Gegend ist ja für ihre sogenannten Frankenweine berüchtigt und vor allem diesem Bocksbeutel. Diese bauchigen kleinen Püllekes, die so teuer sind, die haben Sie sicher schon mal gesehen.

Na ja, wat soll ich Ihnen sagen, gleich den ersten Abend, wir waren noch gar nicht richtig da, schleppt Herbert Willi und mich schon zu einer Weinprobe bei seinem Weinhändler mit. Der hatte wohl ein neuet Faß Jahrhundertwein angestochen oder irgendwat war da im Busch. Ich weiß et nicht. Jedenfalls konnte man dahin zu Fuß gehen, dat ist ja wohl auch immer die Voraussetzung für so ein Unternehmen. Schön, wir dahin. So ein schönet altes Gebäude, eine wunderbare Halle mit alte Sofas und Stühle. Ich wollte mich auch gerade so gemütlich hinhauen, hieß et auch schon ab in den Keller. Und da herrschte ja vielleicht eine grimmige Temperatur, kann ich Ihnen sagen. Ich hatte so einen leichten Pulli an, aus dem letzten Schlußverkauf, da hab ich mir erst mal ganz schön einen abgeschnattert.

Dann ging dat los. Ich hatte nun überhaupt keine Ahnung, wie so wat abläuft. Weinprobe, so wat gibt es ja bei uns zu Hause gar nicht. Dat konnte nun alles mögliche sein. Dat man einen Wein so lange probiert, bis er einem schmeckt, wie man sich ja ein Lokal auch schön saufen kann oder einen Menschen. War aber alles ganz anders. Erst mal standen da Körbchen mit kleine Weißbrotstückchen, trokken wohlgemerkt, nix lecker belegt mit Mettwurst oder Marmelade, ne, trocken, und wir hatten doch kaum wat gegessen, weil wir dachten, Vetter Herbert fährt erst mal auf, wat Küche und Keller hergeben. Aber nix da, in dem Punkt is er doch Sauerländer geblieben. Na ja, dann kam der Weinkönig persönlich mit ein winziget Gläschen und goß wat ein und machte einen Affen dabei, erzählte wat von Lage und Jahrgang und Traube und Fülle und Reife und Süße. Ich hab gar nicht hingehört und dat Fingerhütchen erst mal angesetzt, und weg war et. Da hat der vielleicht ein Gesicht gemacht! Willi und ich haben uns ganz belämmert angekuckt. Mein Gott, man hat doch nach eine so lange Autofahrt erst mal ordentlich Brand.

Na, ich sagte, machen Sie mal noch mal voll; und dat meinte ich natürlich ironisch. Er jedenfalls wurde ganz aufgeregt. Moment, Moment, hier habe ich doch erst mal einen 76er Dingenskirchner, Öttkenspeller Fallobst oder wie er hieß. Na gut, ich dachte, Wein ist Wein, der schmeckte jedenfalls genauso, und dann ging so nach dem fünften oder sechsten auch erst mal die Kälte weg und man kriegte Hunger. In unserer Not haben Willi und ich ein Körbchen Weißbrot nach dem anderen verfuttert.

Dann wurden wir auch schon albern. Herbert und der Wirt waren aber auch zu komisch. Die machten da eine Zeremonie wie bei einem Hochamt. Hielten das Glas gegen dat Licht, als ob man dat nich so sähe, dat dat Weißwein wäre. Nahmen ein Schlückchen, machten ein ganz spitzes Mündken, rollten mit de Augen, schmatzten, sagten ah – und der Wirt immer mit, tat so, als ob ihm alles neu wär. Dabei bringt er doch bestimmt den ganzen Tag unterm Zapfhahn zu. Hatte jedenfalls ’ne ganz blaue Nase. Aber nun will ich nicht ungerecht sein, dat konnte auch von de Kälte sein.

Jedenfalls irgendwann waren Willi und ich so ziemlich hinüber, und der ganze Abend endete damit, daß Willi sagte: «Sagen sie mal, haben Sie auch Rotwein?» Da war der Kellergeist sauer. Und dann sagte ich, komm, komm, Herbert, du hast den ganzen Wein spendiert. Jetzt geb ich ein schönes Bierchen aus. Herbert hat beim Frühstück kein Wort mit uns gesprochen. Na ja, kein Humor – aber Bocksbeutel und dann noch so einen schrecklichen Dialekt, aber ich sag ja immer, jeder soll nach seiner Fasson selig werden. In diesem Sinne.

Hubert Lippenblüter und die Dauerwelle

Also wat ich hinter mir habe, da macht sich keiner ein Bild. Dat Ganze nahm sein Anfang in Kühlen Grund anne Theke, wo Husemanns Willi, der dat Sportgeschäft hat, in angesäuseltem Zustand zu mir sagte, Hubert, sagte er, ich wette, du läßt dir keine Locken machen. Ich sag, gewonnen, ich laß mir wirklich keine machen, du blöden August, wieso denn auch. Und nu muß man wissen, dat unser Friseur, Tüllmanns Gerd, auch da war, ich hab nie klären können, ob der Mann von Husemanns Willi bestochen war oder ob er nur unbedingt ma wieder eine Dauerwelle ausprobieren wollte, weil seine ganzen Chemikalien vielleicht weg mußten, ich weiß et nicht, jedenfalls schaltet der sich ein und sagt, Hubert, dat würde dir unheimlich gut stehen, weil ich mein, du bist in Wirklichkeit gar nicht so häßlich, du hast nur die falsche Frisur ... Da meldet sich dann auch noch Schweiklötters Karl, der Schneider gelernt hat und jetzt inne Konfektionsabteilung von unserem Kaufhaus arbeitet. Ja, sagt er, und unvorteilhaft gekleidet, weil du hast gar nich so einen Bauch, dat wirkt nur so.

Ich sag, ihr könnt mich alle mal, ich bin mit mir sehr zufrieden, der Beruf läßt sich ertragen, dat Bier schmeckt, und da mischt sich auch noch Elisabeth Fieken ein, meine Nachbarin, diese geschiedene Lebedame, wo ich fest von überzeugt bin, dat die sofort wat mit mir anfangen würde, wenn ich nich so wat von einen Charakter hätte, weil doch meine Beziehung zu Fräulein Liesenkötter, der Lehrerin von nebenan, eigentlich endlich mal Formen annehmen müßte. Die ist aber auch so wat von scheu, wird natürlich auffe andere Seite auch nich jünger mit den Jahren und ob ich mich nu ewig aufsparen will, bis se mal inne Gänge kommt ... Aber dat macht sich sone Studierte oft gar nicht klar, überall Bretter, sobald et int praktische Leben hinausgeht, wo ein ganz anderer Wind pfeift wie inne Studierstube – na jedenfalls sagt Elisabeth Fieken mit so ein Augenaufschlag wie in Kino: «Also im Ernst, Herr Lippenblüter, dat sähe bestimmt toll aus, ich weiß nicht, ob ich Ihnen dann widerstehen könnte.» Ich sag, wißt ihr wat, dat ist ein Komplott, dat könnt ihr mit einem machen, der sich die Hose mit de Kneifzange zumacht, aber nich mit einem Hubert Lippenblüter. Da sagt Willi: «Hubert, 100 Mark, wenn det machst.» So sag ich, Witzbold, dat kostet doch allein dieser studenlang dauernde chemische Prozeß, dat weiß ich nämlich noch von unser Mutter, die hatte sich auch 'ne Dauerwelle machen lassen, anläßlich die Taufe von Heinrich, der Kleine von mein Bruder. Nee, nee, sagt Tüllmanns Gerd, ich steig mit ein, wenn det machst, mach ich dir die Frisur umsonst. Da sag ich: «Wenn du weißt, du mußt dat umsonst machen, paßt du noch weniger auf wie sonst, weißt du noch, wie du mir die Macke int Ohr geschnitten hast und dann noch gesagt, paß doch auf, Hubert, du machst mir dat Lederpolster voll Blut, als ich da rumsprang, weil mir der Schmerz fast die Sinne raubte, kommt gar nicht in Frage.» Gut, sagt Husemanns Willi, dann zahl ich dat auch noch.

Na, wat soll ich sagen, ich hab mich bequatschen lassen, et sah furchtbar aus, wie ich gesagt hatte, Elisabeth Fieken konnte mir sehr gut widerstehen, Fräulein Liesenkötter meinte nur, dat müßte wohl so eine Regung gewesen sein, wie bei Kinder, wenn se sich mit Matsche beschmieren, dat fand ich persönlich bisken weit hergeholt, aber nich uninteressant. Mein einer Arbeitskollege, der lange beim Bund war, sagte, Hubert, du siehst aus wie ein Bär um die Eier, nur unser Mutter meinte, Hubert, dat weiß doch jeder, dat Tüllmanns Gerd nur durch die Friseursprüfung gekommen ist, weil er wat mit der Frau von den Prüfungsvorsitzenden hatte. Sehen Sie, dat wußte ich nicht, aber mit dieser Information ausgestattet, war et mir ein leichtet, die Krause wieder rausmachen zu lassen, ein Verfahren, dat übrigens genausolange dauert wie dat erste, aber kostenlos! Dat heißt 100 Mark Reingewinn, Husemanns Willi war stocksauer, ich war ich Hochstimmung, die nur dadurch ein wenig getrübt wurde, dat Fräulein Liesenkötter plötzlich sagte: Also wo ich Sie jetzt so wieder seh, muß ich sagen, so übel sah dat gar nich aus mit der Dauerwelle.

Schwachsinn, dein Name ist Weib, Tüllmanns Gerd und Husemanns Willi sprechen nich mehr miteinander, weil dat Ganze natürlich abgekartet gewesen war, und unser Mutter hat sich gewundert, dat ich ihr an Muttertag Blumen geschenkt hab, anstatt anzurufen und zu sagen, wat soll ich dir wat schenken, für mich ist immer Muttertag. In diesem Sinne.

Hubert Lippenblüter und die Frau am Steuer

Also ich bin weiß Gott der letzte, der dummen Vorurteilen anhängt, wie alle Neger sind schwarz oder unrecht Gut gedeihet nicht, aber wat ich letztens erlebt habe, läßt doch sehr stark den Schluß zu, dat dat Steuerrad eines Autos ursprünglich und letzthinniglich in die besonnene Hand eines

Mannes gehört. Fräulein Liesenkötter – mein stiller Schwarm – bis dahin, muß ich fast sagen, weil unsere Beziehung die letzten Tage stark abgekühlt ist, aber ich will den Dingen nicht vorgreifen, Sie sollen sich selbst ein objektivet Urteil bilden, dat ist nämlich auch einer meiner Grundsätze, nie einen beeinflussen, und jede Sache hat zwei Seiten.

Also et war so, dat Fräulein Liesenkötter ein Auto gekauft hat, über Vermittlung von Husemanns Willi, ein Japaner. Nich dat mich stört, dat Fräulein Liesenkötter mit Husemanns Willi geschäftliche Verbindungen hat, ich sag immer, die Gedanken sind frei, aber wieso ein Japaner. Die deutsche Industrie ist arm genug dran, wieso füttern wir die Japaner durch, und dann die Reparaturen, ich sag, Fräulein Liesenkötter, sag ich, wenn an dem Wagen wat dran ist, ich kann Ihnen dat nich reparieren und sonst in Ort auch keiner, unser Tankwart erzählt Ihnen wat anderet! Ja, sagt se, Herr Lippenblüter, können Sie denn ein deutschet Fabrikat reparieren? Ich sage, dat gehört doch gar nich hierher, wir sprechen über japanische Autos, und darüber hinaus ist dat auch gar nich meine Aufgabe, ich bin Postbeamter, und wir haben weiß Gott andere Probleme, als kaputte Autos zu reparieren, sag ich, unser Tankwart verkauft ja auch keine Briefmarken, und jeder soll seine Arbeit tun an den Platz, wo er hingestellt worden ist, wenn sich alle daran halten würden und sich nich jeder in Dinge einmischt, wo er nix von weiß, wäre die Menschheit auch schon ein gutet Stück weiter, sag ich so, verstand se aber wieder gar nich.

Nu jedenfalls, et kam, wie et kommen mußte, se kaufte den Wagen, die Farbe allein schon, metallic, ich sag, wissen Sie eigentlich, dat wenn Sie da ein Kratzer dran haben, Sie den ganzen Wagen neu streichen können, weil man die Farbe gar nich hinkriegt? Sagt se, Herr Lippenblüter, ich wollt Sie eigentlich bloß fragen, ob Sie mit mir die Jungfernfahrt machen wollen, aber wenn Sie keine Lust haben, wegen der Farbe, dann frag ich Husemanns Willi und geh mit dem nett Kaffee trinken. So, sag ich, dat sind ja ganz neue Sachen, sag ich so im Scherz, obwohl ich dat also im Grunde empörend finde, dat Frauen alte Freunde gegeneinander ausspielen, wenn se eine starke Hand suchen, die ihnen dat erste Mal erleichtert. Dazu kam nämlich, dat ich genau wußte, se hatte ihren Führerschein mit Ach und Krach bestanden, und dat war auch schon lange her, und bisken mulmig war mir schon, naja, nun ist der Verkehr bei uns ja nich wie inne Großstadt.

Ich hab mich dann noch versichert, dat se den vorgeschriebenen Verbandskasten bei hat, hab ihr nur noch gesagt, Fräulein Liesenkötter, sag ich, ich bin ein strenger Beifahrer und werde Ihnen jeden Fehler in netter Form, aber unmißverständlich zu verstehen geben. Da wurd die richtig kiebig, anstatt dankbar zu sein, sagt se, haben Sie eigentlich einen Führerschein, Herr Lippenblüter? Ich sag, Fräulein Liesenkötter, Sie wissen genau, mein Arbeitsplatz liegt zu Fuß fünf Minuten von unsern Haus, außerdem habe ich einen Sondertarif für den Postbus, ich will jetzt gar nicht auf Umweltverschmutzung hinaus, aber et gibt genügend Gründe gegen ein Auto, und außerdem, wie sagt Lessing? Et muß einer nich Koch sein, um beurteilen zu können, dat eine Suppe versalzen schmeckt.

Da sagt die doch glatt, wissen Sie wat, Herr Lippenblüter, bleiben Sie zu Haus oder kommen Sie im Postbus hinterhergefahren, ich frag Husemanns Willi. Also, ich bin weiß Gott nich empfindlich, aber da war ich dann doch gekränkt. Jedensfalls kamen se dann beide abends in Kühlen Grund, ganz rote Backen, auch son Punkt, und Husemanns Willi ganz begeistert, sagt er, also eins muß ich sagen, dat hätt ich nie gedacht, dat dat Fräulein Liesenkötter so fährt, richtig forsch, und dat Stück Autobahn schön Pfeffer gegeben, Spurwechsel wie 'ne Alte, bei der Auffahrt Tempo behalten, wie dat sein muß, nich so ängstlich, also für 'ne Frau fahren Sie ganz toll! Da sagt die glatt, danke schön, Herr Husemann, von einem alten Autofahrer so ein Kompliment ist doch schön.

Da ist mir aber der Hut hochgegangen, ich sag, so, sag ich, da freuen Sie sich auch noch, wenn ein alter Zausel mit solche Vorurteile Ihnen wat vorsäuselt, also da schmeckt mir doch glatt dat Bier nich mehr. Toll, sagt Husemanns Willi, da kann ich dich ja auslassen in der Runde, die ich gebe, auf uns Autofahrer! Da bin ich gegangen und wär auffe Straße um ein Haar noch überfahren worden, wahrscheinlich von eine angetrunkene Frau am Steuer, jedenfalls hoffe ich, dat Sie mich jetzt besser verstehen, wenn ich sage, Frauen gehören auf en Beifahrersitz und Husemanns Willi nach hinten.

Aber dat schönste kommt noch. Fragt mich nächsten Tag Fräulein Liesenkötter allen Ernstes, ob ich ihr etwa die Beule inne Tür getreten hätte, dat müssen Sie sich mal wegtun! Und jetzt müßte se den ganzen Wagen neu spritzen, ich sag, dat hab ich Ihnen doch gleich gesagt, und, sag ich, eins steht fest, ein deutschet Auto hat nich sofort 'ne Beule, wenn man mal eben so davortritt. Seitdem spricht se nich mehr mit mir. Ich sag nur, Frauen, sag ich. In diesem Sinne.

Hubert Lippenblüter und die Sinnlichkeit der Sternzeichen

Sie wissen doch, ich hab einen Bruder in Paderborn, der ist da so unglücklich verheiratet, und ab und zu am Wochenende fahr ich mal hin, damit der arme Kerl mal wieder was zu lachen hat. Meine Schwägerin haßt mich ja wie die Pest, dabei mach ich gar nichts. Nun bring ich den beiden Kindern ja immer was mit, dat kann se auch nicht ab, deswegen mach ich dat ja gerade. Letztens hab ich ihnen 'ne Schallplatte mitgebracht. Dschingis-Khan, hatt ich alt gekauft, ganz preiswert, und dat ist ja schön einfach für die Kinder, so zum Mitsingen, da hatte se natürlich gleich wieder was zu meckern. Wie ich den Kindern so was mitbringen könnte; ich sag, wieso, meint se, von einen Menschen, der sein Leben lang eine Schreckensherrschaft ausgeübt hätte, dat wäre wieder typisch Onkel Hubert, pädagogisch ganz falsch. Ich sage, liebes Finchen, sag ich mit meinen süßesten Tonfall, ich habe keineswegs die Absicht gehabt, den Kindern beizubringen, wat eine Schreckensherrschaft ist, dafür haben se ja die Mutter, da mußte sogar mein Bruder lachen, da hat er natürlich gleich wieder einen auf 'n Deckel gekriegt.

Na jedenfalls habe ich immer gegrübelt, wie et möglich ist, daß so ein sanfter, liebenswerter Sauerländer, wie mein Bruder einen darstellt, so ein böset Weib abkriegt. Und diesem Rätsel bin ich jetzt auf die Spur gekommen. Da hab ich inne Bahnhofsbuchhandlung son Buch gefunden, wo drinstand, wat die Sterne über die Neigungen und Vorlieben unserer Männer, Frauen, Geliebten, Freundinnen und über uns selbst zum Vorschein bringen. Und da stand et dann schwarz auf weiß, dat dat gar nicht gutgehen kann. Also ich laß jetzt mal weg, was da sonst noch so an hochinteressanten Sachen stand, wat die einzelnen Sternchen so gerne treiben, das müssen Sie denn mal selber nachlesen, war schon lustig, dat hab ich also selber gar nicht gewußt, was ich für ein toller Hecht bin, ich bin nämlich Zwilling, aber dann stand da eben auch, wer mit wem keine Ehe eingehen sollte. Und mein Bruder ist nämlich ein Steinbock, und Finchen ist eine Waage, und da steht wörtlich in diesem Buch: «Zu viele charakterliche Konflikte für eine Ehe, ein Verhältnis wird wohl nicht von langer Dauer sein.» Bums aus. Und so präzise war dat da für alle möglichen Paarungen angegeben.

Ich meine, nicht, dat ich ernsthaft an diese Sternguckerei

glaube, aber et ist doch immer wieder erstaunlich, wie diese Beschreibungen von den einzelnen Menschenschlägen stimmen. Ich bin ja nun, wie gesagt, Zwilling, und ich muß Ihnen gestehen, sämtliche Beschreibungen über Zwillinge, die ich bis jetzt gelesen habe, stimmen, jedenfalls weitgehend. So sind Zwillinge sehr geistreich, intellektuell brillant, phantasievoll, immer witzig, aber eben auch flatterhaft, weil se sich eben schnell mit einem anderen langweilen. Die ideale Partnerin für einen Zwilling ist übrigens, und dat wird Sie jetzt wahrscheinlich gar nicht mal so sehr überraschen, Fräulein Liesenkötter, die Lehrerin von nebenan, die ich doch schon so lange, ich will nicht sagen, verehre, dazu schimpft se zu oft über Junggesellen wie mich und Husemanns Willi, der das Sportgeschäft hat, aber doch mit großem Wohlgefallen betrachte. Und Fräulein Liesenkötter ist nämlich genau eine Löwin, und dazu sagt mein Buch ausse Bahnhofsbuchhandlung: «Eine ideale Kombination. Eine Affäre wird aufregend und vergnüglich sein», wat ich ja immer sage, und – und jetzt kommt's: «Auch für eine Dauerbeziehung sieht alles rosig aus.» Und dat gibt et nämlich für den Zwilling nur noch mit Widder und Wassermann und womöglich mit einem anderen Zwilling, aber da steht einschränkend: «Die Ehe wird wahrscheinlich eine Katastrophe werden.» Dat ist ja nun noch ziemlich allgemein ausgedrückt, aber: «In den seltenen Fällen, wo diese Vereinigung funktioniert, bilden die beiden das interessanteste Paar, dat es gibt.» Tja, Zwilling, da sehen Sie's.

Ich meine, wie gesagt, ich glaub nicht dran, und wat in so einem Buch eben auch für ein Quatsch steht, sehen Sie daran, daß auch mir und Finchen, also meiner Schwägerin, also Waage, eine gute Ehe prophezeit wird. Schreiben die doch glatt: «Große Chancen für eine glückliche Ehe, besonders, wenn die Waage das Portemonnaie des Zwillings bewacht.» Ich mein, dat würde se zweifellos, aber dat man deswegen gleich glücklich wird, find ich übertrieben. Jedenfalls kann man mit diesem Buch wissenschaftlich fundiert zum Beispiel Lilli Weidenkamp nahelegen, mich endlich in Ruhe zu lassen. Die ist nämlich Fisch und zu gefühlsbetont. Oder mein Vetter Erich in Köln, der ist Steinbock, und der brauchte zu seinem Glück einen Stier, also als Frau.

Also dieset Buch hat wirklich einen ausgesprochen hohen Freizeitwert. Nicht nur, dat Sie jetzt nachgucken können, ob zum Beispiel unser Bundeskanzler besser mit Ingrid Steeger oder Evelyn Künneke zusammenpassen würde, Sie können auch nachgucken, was der Seelsorger Ihrer Pfarre für Vorlieben hätte, wenn er nicht Seelsorger wäre. Und da muß ich jetzt immer so lachen, wenn ich dat Wort zum Sonntag sehe. In diesem Sinne.

Hubert Lippenblüter und der Waschsalon

Sie werden sich sicher schon lange gefragt haben: Der Hubert Lippenblüter ist doch Junggeselle, wie macht der dat eigentlich mit seine Wäsche? Dat kann ich Ihnen sagen. Bisher hatte ich mich immer streng am Kirchenjahr orientiert, d. h., kurz vor einer größeren Anzahl von Feiertagen erregte ich das Mitleid der alleinstehenden Damen bei uns im Ort, Lilli Weidenkamp, Ziska Bokelmeier und so weiter, sogar ab und an Fräulein Liesenkötter. Obwohl die ja meint, sie müßte wat gegen Junggesellen haben, sagt se immer: Gehen Sie bloß weg mit ihre Plünnen, ich werd Ihnen noch Ihre Faulheit stärken! Hab ich immer gesagt, nicht die Faulheit, die Hemden reichen schon, und dann hat se's doch gemacht. Ich hab se dann nämlich immer todschick zum Essen eingeladen, wir haben ja neuerdings bei uns auch son amerikanisches Kettenlokal, wo se Frikadellen mit Brötchen und diese winzigen Fritüren kriegen, die aussehen wie Zahnstocher. Ist aber sehr preiswert, und da hab ich se dann hin ausgeführt.

Also Ostern, Pfingsten, Himmelfahrt, Fronleichnam, da ging dat dann immer, und die ganzen Marienfeste und Weihnachten hatte dann noch immer unser Mutter übernommen, ganz jung ist se zwar nich mehr, aber auch noch nicht so alt, und ich bin ja schließlich alles, wat ihr noch geblieben ist, wo mein Bruder doch schon seit Jahren verheiratet ist.

Aber nun ist etwas eingetreten, wo ich in Zukunft bei den Damen nicht mehr auf Verständnis stoßen werde, jetzt haben wir nämlich nicht nur dieset Frikadellenlokal, sondern auch noch einen Münzwaschsalon, und jetzt muß ich selber waschen. War ich also mit Husemanns Willi, der das Sportgeschäft hat, zusammen da. Der gibt seine Wäsche ja weg, kann sich dat auch leisten, aber er kam so mit, als Freund. Wollt sich natürlich nur über mich amüsieren, der Idiot. Zum Glück liegt dat Ding genau gegenüber den Kühlen Grund, so dat wir in der Halbzeit schnell ein trinken konnten. Mit Halbzeit meine ich, ich weiß ja nicht, ob Sie so 'ne Institution kennen, die eigentliche Waschphase. Also Sie gehen rein und fragen die erste beste Dame, die da zugange ist, ob se Ihnen mal gerade behilflich sein könnte, Sie hätten die Brille vergessen. Dat müssen Sie sagen, weil ja groß und breit die Bedienungsanleitung überall steht, und die Dame dann sagt, lesen Sie die gefälligst und lassen Sie mich in Ruhe trocknen, weil se gerade vielleicht dabei ist, ihre Klamotten in diese Heißluftgebläse zu packen. Aber weil ja die Brille fehlt, sagt Ihnen die Dame, Sie müßten an dem Automaten Waschpulver ziehen, das kostet fünf Mark, eine Maschine, aber da gibt es dann noch eine Spielmarke gratis, und die ist für die Waschmaschine. Und dann wird, und da können Sie drauf wetten, die Dame, ganz egal welche, Ihnen dringend raten, an einem anderen Automaten Weichspüler zu ziehen für 20 Pfennig, und wenn Sie das nicht tun, werden Sie auf keinerlei Verständnis stoßen. Höchstens auf ein sehr mißbilligendes Tz Tz Tz. Also ich rate Ihnen dringend im Interesse einer weiteren fruchtbaren Zusammenarbeit, und nur darauf kommt et ja an, diesen Weichspüler in Gottes Namen dann darein zu kippen.

Wenn Sie nun unter den gütigen, aber strengen Augen der Dame Ihren Pöngel Wäsche zusammen mit den Chemikalien in die Waschmaschine gepackt haben, dann müssen Sie nur noch einen Knopf drücken und mit Hilfe dieser Spielmarke das Ganze in Schwung bringen. Dann haben Sie schon mal das Bild, Wäsche und Schaum abwechselnd links- und rechtsrum im wesentlichen, aber Ton nicht. Könnte man vielleicht noch eine Luxemburgtaste einbauen, aber dat muß auch nicht sein. Und jetzt ist Halbzeit. Wenn die Dame älter ist, sagen Sie, Sie müßten jetzt einkaufen oder kurz die alte Mutter versorgen, und wenn se jünger ist, fragen Sie natürlich, ob se nicht auf ein Bier und ein Schnaps mit rüber innen Kühlen Grund ginge. Dann ist der Tag sowieso gerettet.

Jetzt nehmen wir mal an, die Dame ist so alt wie die, die ich an meinem ersten Tag gehabt habe, also an meiner Premiere, dann können Sie natürlich so lange in Kühlen Grund bleiben, bis se mit Sicherheit weg ist. Und fürs Trocknen können Sie sich dann eine neue Hilfe aussuchen, dat ist der Vorteil bei diesem System. Hab ich auch gemacht. Willi wollte so eine Endzwanzigerin, die hatt' ich auch schon verschiedentlich inne Kirche gesehen, die hatte aber jede Menge Kindersachen inne Mache, dat hatte ja nun keinen Wert, haben wir eine genommen, nur mit Buntwäsche, Jeans und T-Shirts, die war also neu, die kannten wir beide nicht, ich se angequatscht, war dat eine Französin, wat weiß ich, Amperemädchen oder wat se da geradebrecht hat. Na gut, wir dann selber heißluftgetrocknet, da muß man bloß wieder andere Spielmarken ziehen, Kaffee gibt's auch, und wenn man dann noch einen Flachmann dabei hat mit Süßstoff für den Kaffee, dann ist dat ein richtig netter Nachmittag. Als ich dann meine Socken aus den Heißtrockner holte, warn die wieder richtig jung geworden, Kindergröße, da müssen Sie also bißken aufpassen.

Im Ausland hat diese Bewegung, das hab ich jetzt gerade gelesen, schon eine ganz andere Größenordnung erreicht, da werden in England z. B., obwohl, man weiß ja nie, ob das stimmt, aber da lernen sich 30 Prozent aller späteren Ehepaare in so einem Waschsalon kennen. Und dat liegt an der Atmosphäre, ich sag's Ihnen, dat hat fast wat von Wohngemeinschaft, dieset gemeinsame Werkeln an intime Wäschestücke, da entsteht so eine ganz gefährliche Vertrautheit. Ich werd jedenfalls immer nur mit Husemanns Willi oder einem anderen verläßlichen Junggesellen hingehen. In diesem Sinne.

Hubert Lippenblüter und die Sauna

Bei uns im Ort gibt es jetzt ja auch eine Sauna, und Husemanns Willi war natürlich als erster drin und hat uns dann im Kühlen Grund wat vorgeschwärmt. Da müßten wir unbedingt mitkommen, und zwar am Mittwoch, denn dann wäre Familientag. Ich sage, wat Familientag, wir haben doch beide keine Familien, sind doch Junggesellen, da bietet es sich doch an, an einem reinen Junggesellentag zu gehen. Sagt Willi, ich wär vielleicht blöd, Familientag hieße doch, dat Männer und Frauen in die Sauna gehen könnten. Ich sag, da ist ja weiter nichts gegen zu sagen, Hauptsache, sie gehen nicht gleichzeitig rein. Hat Willi sich vielleicht aufgeregt, sagt er, bist du eigentlich bescheuert, oder wat? Stell dir doch mal vor, wir beiden, wie Gott uns schuf, in unserer ganzen

Pracht und Herrlichkeit, schweißüberströmt zwischen den schönsten Frauen des Landes, die vor lauter Verlegenheit und Bewunderung gar nicht wissen, wo se hingucken sollen, dat ist doch herrlich, und den neuen Kaplan nehmen wir auch mit, dat gibt doch ein Fest, da ist nämlich auch eine Bar bei, was meinst du, wie da dat Bierken schmeckt.

Ich sage, tut mir leid, du kannst ja schweißüberströmt mit den schönsten Frauen des Landes Bier trinken, ich gehe dann mit unserm Kaplan in den Kühlen Grund, und wir warten dann auf euch, denn sicherlich wollen die ja alle hinterher noch mit dir mitkommen, wegen der Pracht und der Herrlichkeit. Sagt Willi, weißt du, wat du bist? Du bist ein Spießer und völlig verklemmt, und sowat ist mein bester Freund! Ich sage, dat bin ich auch, meinetwegen, sag ich, immerhin stehe ich damit auf dem Boden der gewachsenen christlich-abendländischen Tradition dieses unseres Sauerlandes, und wenn ich mir vorstelle, ich sitze da in so einem engen heißen Kabuff und plötzlich kommt Fräulein Liesenkötter, Elisabeth Fieken, Elsbeth Biersling und überhaupt alle und alle paradiesisch bekleidet, da kriege ich so schon Schweißausbrüche, da brauch ich nicht für inne Sauna.

Und außerdem, sage ich zu Willi, bin ich Klaustrophon oder wie das heißt, also ich hab Angst in kleinen geschlossenen Räumen, weil unser Mutter mich als Kind immer in den Kleiderschrank gesperrt hat wegen dat Nägelkauen, et hat aber nicht geholfen, im Gegenteil, ich hab einmal vor Angst in den Schrank gemacht, und die ganzen Schuhe waren voll, also nicht meine, ihre, dat erzählt se heut noch bei jedem Familienfest, peinlich so was. Ja und außerdem hab ich Kreislaufstörungen und da soll man sowieso nicht inne Sauna.

Und damit ist dat Thema für mich erledigt. Meine Gesundheit ist mir mehr wert als mein Hang zur Angabe, denn dat ich mich sehen lassen kann, daran gibt et ja wohl keinen Zweifel, mein lieber Willi, sag ich so. Er hat dann auch Ruhe gegeben. Dachte ich. Diese falsche Schlange, die ich da an meinem Busen genährt habe. Denn einen Tag später lauert mir Elisabeth Fieken im Treppenhaus auf und sagt: Herr Lippenblüter, soviel Unternehmungsgeist hätte ich Ihnen gar nicht zugetraut. Wat, sage ich, ich weiß beim besten Willen nicht, wat Sie meinen. Na, stellen Sie sich doch nicht so dumm, Husemanns Willi hat mir unter dem Siegel der Verschwiegenheit erzählt, dat Sie vorhaben, Ihren Geburtstag in der Sauna zu feiern mit alle Mann, dat find ich richtig toll, und am nettesten find ich die Idee mit dem Kaplan, nein, wat werden wir ein Späßken haben. Ich freu mich riesig, ist doch schon in einer Woche, nicht? Ja, ja, sag ich, dat find ich aber gar nicht schön von Husemanns Willi, dat er dat erzählt hat. Nein, sagt se, Sie dürfen ihm auch nicht sagen, dat ich Ihnen dat verraten habe, dat muß unser Geheimnis bleiben, versprechen Sie mir dat? Ich sage, selbstverständlich, liebe Frau Fieken, ein Mann, ein Wort.

Ich rein, die Tür zugeknallt und ans Telefon. Ich sage, Willi, wat du mir da angetan hast, das hättest du mir besser nicht angetan. Ich bin weiß Gott kein Spielverderber, aber ... Halt die Klappe, sagt er, wenn deine Komplexe freiwillig nicht weggehen, dann eben mit Gewalt, hat schon der alte Sauerbruch gesagt. Ich hab schon allen Bescheid gesagt und hab auch schon die Sauna reserviert für uns, nächsten Donnerstag, und was das schönste ist, ich bezahl den Spaß auch, und jetzt kannst du dir ja überlegen, ob du kommst oder nicht. Und dann hat er aufgehängt. Nach zwei Stunden und einer Flasche Korn hatt' ich mich dann damit abgefunden. Nächsten Tag hab ich mir einen neuen Bademantel gekauft, zwei Badetücher, eins in rot und eins in lila, dann sone Gummischuhe, tja und dann war et so weit. Na ja, langer Rede kurzer Sinn, Sauna, was soll ich Ihnen erzählen, et war nur Elisabeth Fieken da. War sehr nett, kann man nicht anders sagen. Ist halt sehr warm, aber wer wie ich einen Bombenkreislauf hat, für den ist dat schon sehr anregend. Ich hoffe nur nich, sie denkt, ich würd se jetzt heiraten, nur weil wer zusammen eine transpirative Vereinigung gebildet haben. In diesem Sinne.

Hubert Lippenblüter und der Spielabend

Ich weiß nicht, ob Sie Doppelkopf können, ich hatte Ihnen aber doch erzählt, dat ich 'ne Nachbarin habe, Elisabeth Fieken, geschieden und jede Menge Geld anne Füße, eine sehr adrette Person, und die fragt mich doch vor ein paar Tagen, ob ich nicht den Abend zu ihr rüberkommen wollte, macht eine Pause und guckt mich bedeutungsvoll an. Ich kriegte sofort einen Schweißausbruch, da fährt se fort, sagt se, ich hab nämlich ein befreundetes Ehepaar zum Doppelkopf eingeladen, und der vierte Mann hat mir gerade abgesagt, hätten Sie nicht Lust, mir aus der Verlegenheit zu helfen?

Also ich fühle mich ja immer etwas komisch so als Notstoppen, aber wat tut man nicht alles als guter Nachbar im Herrn, sag ich zu ihr, woher wissen Sie denn, ob ich überhaupt Doppelkopf kann? Sagt se, ich habe natürlich Erkundigungen über Sie eingezogen, ich weiß viel mehr von Ihnen, als Sie ahnen, lieber Herr Lippenblüter, und dabei guckt se mir tief inne Augen, fiel mir das Lied ein, oder ist es ein Roman, weiß ich auch nicht so genau, jedenfalls «tief wie ein Bergsee». Nun gibt's ja bei uns inne Nähe nur 'ne Talsperre, ist auch schön, kann man Böötken fahren, Badeanstalt ist auch dabei und ein sehr schönes Lokal. Jedenfalls sag ich so, wenn ich jetzt zufällig nicht Doppelkopf gekonnt hätte, hätten Sie mich also gar nicht eingeladen?

Sagt se mit einen Augenaufschlag, wie diese blonde amerikanische Filmschauspielerin, von der se im Fernsehen immer die Komödien wiederholen, die ich mir jedesmal angucke, sagt se, lieber Herr Lippenblüter, et gibt doch auch noch andere Spiele als Doppelkopf, oder?

Naja, ich bin da weiter gar nicht drauf eingegangen, und dann kam dieser Abend. Dat war ja nun auch noch ein Mittwoch, wo ich normalerweise immer Skat spiele, dat war eine Heidenarbeit, den anderen dat klarzumachen, dat ich nicht kam. Na ja, ich jedenfalls Blumen gekauft und eine teure Flasche Weißwein, ich weiß nicht, ob Sie den kennen, so einen ganz besonderen, diesen sogenannten Riesling. Dat hört sich jetzt viel an, aber ich war ja ziemlich sicher, dat ich dat wieder reinkriegte, weil Elisabeth, ich meine Frau Fieken, mir ja gesagt hatte, wir würden um einen Groschen den Punkt spielen, und im Doppelkopf hab ich ja seit Menschengedenken nicht mehr verloren. Jedenfalls nicht, wenn der Partner nicht ein totaler Blindgänger ist, der sich den Hut mit Hammer aufsetzt, wie unser Doktor zum Beispiel. Als Arzt ist der topfit, aber im Doppelkopf eine Katastrophe.

Naja, wie ich also rüberging, waren die Leute schon da, so ein Ehepaar im mittleren Alter, und Elisabeth Fieken hatte sich in Schale geschmissen, so ein Traum von Tüll, wie man so sagt, ich mußte mir erst mal wieder die Stielaugen verbeißen, na, wir haben erst mal ein bißchen geplaudert, er ist Zahnarzt, sie hat eine Boutique, es gab Häppken und Käsewürfel und Salzstangen und so 'n Kram, wat'n Glück, daß ich vorher wat gegessen hatte, und dann ging et endlich los, ich hab denen erst mal einen Nackten vorgespielt, dat kennen Sie ja, Solo ohne Trumpf, keine 60 angesagt, da wußten die schon mal Bescheid, und dann zeigte sich im Verlaufe des Abends, dat sich Einehe und Doppelkopf ausschließen, aber völlig.

Wat dieses befreundete Ehepaar im Laufe des Abends für einen Haß entwickelte, da brauchen andere Jahre für, wohingegen Elisabeth und ich, also Frau Fieken, sich als Traumpaar herausstellten, also am Spieltisch. Ich brauchte nur ganz selten mit dem Knie zu arbeiten, oder um ehrlich zu sein, ich habe es sogar öfter getan als notwendig. Aber ist et nicht schade, dat dieset schöne menschliche Verständnis mit einen Schlage zu Ende ist, sobald man sich auf dem Schlachtfeld der Liebe erst einmal nähergekommen ist? Und ich hab dat ja nicht nur einmal erlebt. Ich hab Ihnen doch von meinem Bruder erzählt, der in Paderborn so unglücklich verheiratet ist, mit dieser Schreckschraube, die ich meinem ärgsten Feind nicht wünschen würde, und wir spielen ja immer, wenn ich mal da bin, Monopoly, und dat ist genau dasselbe mit denen.

Ich habe da lange drüber nachgedacht, warum dat so ist in Leben. Et ist doch so, dat man im Gesellschaftsspiel in kurzen, überschaubaren Zeiträumen mit einem möglichen Ehepartner Solidarität gegen eine feindliche Umwelt praktizieren kann. Dat geht aber nur bei Unverheirateten, weil ja sonst der Ehepartner die feindliche Umwelt ist. Dat hört sich jetzt natürlich so an, als hätte ich wat gegen die Ehe, hab ich gar nicht, ich sage nur, dat Ehepaare für den Bereich des Gesellschaftsspiels verloren sind.

Ich spiel jedenfalls morgen wieder mit unserem Vikar, meinen Freund Husemanns Willi und Fräulein Liesenkötter Mensch ärger dich nicht. Was meinen Sie, wie die juchzt, wenn ich den Vikar rausschmeiße statt sie, obwohl ich könnte. Und umgekehrt. Wären wir aber verheiratet, würd sie mich mit Wonne rausschmeißen. In diesem Sinne.

Hubert Lippenblüter und die Welt der Aphorismen

Fräulein Liesenkötter kennen Sie ja, die Lehrerin von nebenan, mein stillen Schwarm, aber wie heißt et in diesem Volksgesang? – Sie konnten zusammen nicht kommen, dat

Wasser war viel zu getrübt, und zwar von Fräulein Liesenkötter ihre verworrenen Auffassungen von Mann und Frau. Ich bin ja nun ein Junggeselle und klar wie ein Bergsee, genau wie mein Freund Husemanns Willi, der dat Sportgeschäft hat, aber Fräulein Liesenkötter laboriert immer in gedanklicher Nähe zu diesen Feministinnen, die den Mann in seiner Grundkonzeption schon bemängeln. Obwohl dat paßt gar nicht zu ihr, sie ist nämlich im Grunde ein sehr, sehr nettes Mädchen, nur eben fehlgeleitet. Und sie hatte nun wieder Namenstag, und wat schenkt man nun einer Lehrerin? Hab ich lange überlegt, und Willi und ich haben ihr dann zwei Bücher geschenkt, haben wir zusammengelegt, Band eins und zwei von so einer Aphorismusreihe, wo namhafte Zeitgenossen ihre kleinen Scherzchen über die Welt machen. Da haben wir alles angestrichen, was Frauen über Männer sagen, und alles, was Männer über Frauen sagen, also eine richtig wissenschaftliche Arbeit, und Fräulein Liesenkötter hat sich auch erst sehr gefreut, bis wir den Fehler gemacht haben, im Kühlen Grund, wo die Feier im kleinen Kreise stattfand, uns über die einzelnen Sachen zu unterhalten, da hatten wir dann wieder butz den schönsten Krach.

Et fing nämlich damit an, dat über Frauen sechs Seiten drinstanden und über Männer nur vier. Ich sag noch so, na, da sieht man doch nur, daß Frauen interessanter sind als Männer. Nee, nee, meint Fräulein Liesenkötter, dat heißt nur, dat mehr Männer abschätzige Bemerkungen über Frauen machen als Frauen über Männer. In dem Moment, wo man die Katastrophe vielleicht noch hätte vermeiden können, schaltet sich Husemanns Willi, der Trampel, ein, sagt er, ja, aber wie schon ein flüchtiges Durchblättern zeigt, ist dat, wat Frauen über Männer sagen, viel gehässiger, als umgekehrt.

Da war Fräulein Liesenkötter natürlich in ihrem Element. So, sagt se, und hätt fast noch ihren Schnaps umgeschmissen, so heftig hat se nach dem Buch gegrapscht, dat wollen wir doch erst mal sehen. Hier: Eine Frau ist immer so lange glücklich, wie sie zwei Dinge hat: verstellbare Möbel und einen Mann, der sie verstellt, Danny Kaye, so etwas unglaublich Albernes. Ich sag Moment, albern und bösartig ist aber was anderes, jetzt gucken wir aber auf die Männerseite, hier schreibt eine gewisse Elisabeth Wischert: Männer sind gut zur Befriedigung und zur Begattung. Danach wirft man sie am besten weg, wie einen leeren Karton – sie stehen nur im Weg, stellen Ansprüche und machen Arbeit. Ist dat vielleicht nett? Na ja, mußte selbst Fräulein Liesenkötter zugeben, dat würde sie auch nicht unterschreiben, aber dat: Die meisten Männer sind der Meinung, ein Stückchen mehr Fleisch am Körper sei schon ein ausreichender Grund für allerlei Vorrechte. Na, dat ist ja wirklich ganz hübsch, aber ein bißchen einfach gesehen, aber wie finden Sie dat denn: Eine Frau soll man nicht schlagen, nicht einmal mit Blumenstengeln, indonesisches Sprichwort, na? Sagt Fräulein Liesenkötter, wat ist denn nun daran positiv, dat eine Selbstverständlichkeit gesagt wird, im Gegenteil, es ist schon wieder eine Unverschämtheit, weil dadurch der Eindruck entsteht, es wäre gar nicht selbstverständlich, daß ein Mann seine Frau nicht verprügelt, andererseits, wenn man so Zeitung liest, kann man ja fast den Eindruck gewinnen, et ist wirklich nicht selbstverständlich, und dann müssen also erst die Indonesier kommen und sagen, dat wir das nicht tun sollen. Aber bitte, nehmen wir doch ein anderes Beispiel: Eine Frau kostet einen das halbe Leben, verdoppelt den Ärger und verdreifacht die Ausgaben, sagt Maurice Chevalier, und: Man soll einen Mann niemals so hassen, dat man ihm seine Brillantringe zurückgibt, sagt Zsa Zsa Gabor, bitte meine Herren, seien Sie doch mal ehrlich, wat ist geistreicher?

Ich wollte nun auch wieder wat sagen, vor allen Dingen, um die teilweise doch etwas gereizte Stimmung wieder etwas zu lockern, und sag so: Ja, dat ist wohl wahr, das Wort von der Dame ist schöner, aber ein blindes Huhn findet auch mal ein Korn, und liebes Fräulein Liesenkötter, ich hab mit Absicht gesagt, liebes Fräulein Liesenkötter, um se zu entwaffnen, jetzt seien Sie aber auch mal ehrlich, hier sagt Juliette Greco: Die Welt ist voll von Männern, die taubstumm sind, ohne es zu wissen, sie reden, obwohl sie nichts zu sagen haben, und sie hören, ohne zu verstehen. Wie viele unglückliche Frauen müssen mit solchen Männern leben. Und wie schön sagt doch auf der anderen Seite William Dieterle: Der endgültige Entschluß einer Frau stimmt nicht unbedingt mit dem überein, den sie später faßt, na?

Und meinen Sie, die Frau gibt einem auch nur einmal recht? Wir haben uns dann noch hin und her gestritten, Fräulein Liesenkötter ist dann am Ende sogar gegangen, ohne unser Geschenk mitzunehmen, da waren wir beide sehr gekränkt, haben noch ein paar Schnäpschen getrunken, vor Kummer, versteht sich, und noch ein bißchen geschmökert, und dann haben wir zu guter Letzt gefunden: Ephraim Kishon: Die Frauenseele: für mich ein offenes Buch – geschrieben in einer unverständlichen Sprache. In diesem Sinne.

Hubert Lippenblüter und die Witzanalyse

Letztens standen wir abends so schön anne Theke in Kühlen Grund, also Husemanns Willi, der dat Sportgeschäft hat, der alte Dr. Fährmann, dann unser Vikar, der immer drauf lauert, dat ihm einer einen ausgibt, und ich. Und wir warn schön am Erzählen, dies und das, plötzlich sagt Husemanns Willi: Kennt ihr den, wo ich zu meiner verheirateten Geliebten komme und wir schön essen, Fläschken Wein dabei, und wo ich gerade zur Sache kommen will und wo dann dat Telefon geht?

Nun ist dat eine ganz grausame Angewohnheit von meinem Freund Willi, dat er Witze immer inne Ich-Form erzählt, dat finden übrigens alle andern auch, nur traut sich keiner, ihm dat mitten int Gesicht zu sagen. Dat erinnert mich nämlich immer so kolossal an schlechte Büttenreden im Karneval oder an sone ollen Conferenciers, obwohl dat da natürlich auch gute gibt, aber die meisten ebent nicht. Und außerdem geht dat bei Willi immer nur in die eine Richtung, meistens fangen die an mit «Kommt ne Frau zum Arzt und sagt zu mir ...» oder so. Nicht, dat ich dat nich ab und zu mal gerne hören würde, vor allem, wenn unser Vikar dabei ist, weil, der muß ja immer so tun, als ob er empört ist, dabei hat er dat meiste Späßken, Sie, und wenn der richtig einen im Tee hat, dann läßt der Sachen los, dat haben Sie aber auf Ihre alten Tage noch nicht gehört.

Ich sag also, nee, Willi, erzähl mal.

Also, sagt er, ich will also gerade zur Sache kommen – in dem Moment kommt Fräulein Liesenkötter dazu, die Lehrerin von nebenan, mein stiller Schwarm, wo aber auch Husemanns Willi, der Idiot, sich immer, wenn er mich ärgern will, also wenn ich ihn mal wieder haushoch beim Skat geputzt habe, oder so, mal dranschmeißt, jedenfalls dacht ich so, warte Willi, dat mach ich dir schön kaputt, ich sag so, wat Willi, wat meinste denn mit Sache? Na, mein Gott Hubert, sagt er, wie dat in so Witzen mal ist, nun stell dich doch nich noch dusseliger an, als dat de bist, und dabei kriegte er schon diesen gereizten Unterton inne Stimme, der anzeigt, dat die Nerven aber heute gar nich so wollen wie dat Herrchen.

Ach, sagt Fräulein Liesenkötter, ihr erzählt bestimmt wieder Beamtenwitze, dat macht mir gar nix aus, kennt ihr den, wat ist Beamtenmikado? Keiner darf sich bewegen, sonst hat er verloren. Keiner lachte, weil, sosehr ich Fräulein Liesenkötter ja mag, wenn die Witze erzählt, dat geht so wat von inne Hose, dat kann se einfach nich, wie überhaupt die allermeisten Frauen, ich meine, ich bin weiß Gott keiner, der Vorurteile über de Frauen inne Welt setzt, aber einen guten Witz gut erzählen, dat ist wirklich eine Sache, die auch noch lange nich jeder Mann beherrscht, wie man ja an Husemanns Willi sehr deutlich sieht. Um also Fräulein Liesenkötter ausse Peinlichkeit herauszuhelfen, sag ich so ganz burschikos, Fräulein Liesenkötter, dat war der 300. Witz in diesem Jahr, dem Sie dat Lebenslicht ausgeblasen haben, dat is eigentlich eine Runde wert, der geht nämlich so: Wat is Beamtenmikado? Dat is ein neues Spiel, wer sich zuerst bewegt, hat verloren.

Dat is natürlich klar, wenn man einen Witz quasi gleichsam richtigstellt, wird dat auch nich mehr der Brüller, hat ich auch gar nich mehr mit gerechnet, ich wollt ja, wie gesagt, auch nur Fräulein Liesenkötter aus der Verlegenheit helfen, aber dat sich Husemanns Willi nun mit so ein lauten Stöhnen so richtig angewidert abwendet und sagt, Egon, ein doppelten Magenbitter, Hubert der Witzekiller geht um, dat wär nun wirklich nicht nötig gewesen, aber so nachtragend ist Willi nun mal, und dat is weiß Gott nich der einzige schwerwiegende Charaktermangel an dem Kerl. Nun ist aber meine Zähigkeit schon sprichwörtlich, ich sag, außerdem weiß ich gar nich, wat ihr gegen Beamte habt, die tun doch nix. Dat is nun wirklich einer von den feinsinnigen, und wat ich immer sage, wenn der Humor ein gewisses Niveau übersteigt, ist et für den normalen Deutschen, zumindest bei uns im Sauerland, zuviel. Meinen Sie, et hätte auch nur einer eine Miene verzogen oder wenigstens so wissend gelächelt? Wie die Kühe ham se geguckt, dann sagt der Vikar, ausgerechnet der, wat is dat, vier in ein Raum und einer arbeitet? Wißt ihr nich, dat sind drei Beamte und ein Ventilator, und wat soll ich Ihnen sagen, alles lag flach und hätt beinahe unter sich gemacht. Nur weil der Herr Vikar einen drittklassigen Kalauer macht. Also wenn Sie meine Meinung hören wollen, der Einfluß der Kirche im öffentlichen Leben ist seit dem Mittelalter eher noch stärker geworden, dat is schon nich mehr schön, und ein Kirchenmann darf ungestraft über Beamte herziehen, die ja von den Sparmaßnahmen dieser Regierung mit am stärksten betroffen sind. Da regt sich keiner drüber auf. Naja, in diesem Sinne.

Hubert Lippenblüter und das Ungeliebte

Es gibt so Leute, die kann ich auffen Tod nicht ab, dat kennen Sie sicher auch. Wir haben einen Kollegen bei uns auffe Post, wenn der morgens reinkommt, und wie der schon reinkommt, reißt die Türe auf und kommt mit ein Affenzahn ins Zimmer, dat von dem Luftzug erst mal die Akten rumfliegen, wir kriegen alle einen Schreck, und sagt mit einem ganz finsteren Gesicht: So eine Scheiße. Jeden Morgen, oder jeden zweiten, sagen wir mal. Ein Auftritt wie in einem Drama von Shakespeare oder wenigstens Herrmann Löns. Und dann will er natürlich hören, dat man sagt, wat ist denn los, Alter, und dann regt er sich noch mehr künstlich auf und sagt: Frag mich nich, Mann, sone Scheiße, und dann stellt sich am Ende raus, war gar nix, hat er vielleicht ein Knöllchen gekriegt für 10 Mark, oder er hat zu Hause die Kaffeekanne runtergeschmissen, oder er hat Zahnschmerzen, oder sonst irgendwat Sensationellet.

Erwin Proschalla heißt der. Und dann muß er immer wat dazu sagen, zu allem, wat er gerade macht. Dat macht mich wahnsinnig. Der packt z. B. seine Stulle aus, macht Wasser in den Pott, stellt den Tauchsieder rein, und wissen Sie, wat er dazu sagt? So, jetzt werd ich mal Kaffee machen und schön frühstücken. Oder: Kurz vor fünf sagt er immer: So, jetzt mach ich mal langsam Feierabend. Glauben Sie, ich könnt ihm eine schmieren, so regt mich dat auf. Statt tschüs sagt er: So, ich bin weg. Furchtbar. Da ham wer uns dann letztens mal drüber unterhalten im Kühlen Grund, Husemanns Willi und Fräulein Liesenkötter.

Ja, sagt se, wie ich ihr den Fall Erwin Proschalla schildere, dat ist ganz klar, der Mann hat ein großes Liebesdefizit. Ich sage, wat, sag ich? Der kommt jeden Morgen aus einer anderen Richtung ins Büro, Liebesdefizit ist gut. Na, sagt se, aber dat ist doch der beste Beweis, dat ständige Bedürfnis, im Mittelpunkt zu stehen, und ein wahlloses Liebesleben, der Mann ist auf der Suche nach Geborgenheit, Anerkennung, kurz: nach einem geregelten und glücklichen Familienleben. Übrigens gar kein so großer Unterschied zu Ihnen, Herr Lippenblüter. Ich wußte ja schon, dat dat kommen mußte, jedesmal datselbe, hängt mir auch schon zum Hals raus. Ich sag also: Entschuldigen Sie mal, Fräulein Liesenkötter, wann käme ich denn mal aus verschiedenen Richtungen ins Büro? Und sage ich vielleicht, wenn ich jetzt dieses Schnäpschen trinke: So, jetzt wolln wir mal dieses Schnäpschen trinken? Dat hat doch nix mit Geborgenheit zu tun, der Mann ist nicht ganz beieinander.

Herr Lippenblüter, sagt Fräulein Liesenkötter mit dieser mitleidigen Stimme, die ich auf'n Tod nich abkann, da will ich immer Mutter Theresa zu ihr sagen, sagt se, Sie wissen genau, wat ich meine, tun Sie nich so hartherzig, dat steht Ihnen nich.

Ja, Hubert, mischt sich auch noch Husemanns Willi ein, der sowieso nie kapiert, worum et geht, da hat dat Fräulein Liesenkötter recht. Dat ist bei dir genau dasselbe. Wenn du ein Bierchen ausgetrunken hast, dann sagst du doch auch, schon wieder leer, guck an, is genau datselbe. Also wenn ich eins auffen Tod nich ausstehen kann, dann isset Husemanns Willi, der alten Vigeleinenstreker, wie er sich auf meine Kosten bei Fräulein Liesenkötter lieb Kind machen will. Und auch noch so unsachlich, völlig am Kern der Diskussion vorbei. Ich sag Willi, sag ich, wir sprachen hier über Geborgenheit und Nestwärme, und du kommst mit leere Biergläser an, aber wo wir schon mal dabei sind, deine blöden Sprüche gehen mir schon lange auffen Wecker, mindestens fünfmal am Abend brüllst du: Ist das hier 'ne Ausnüchterungszelle oder 'ne Kneipe? Kann ich langsam nich mehr hören und Egon auch nich, hat er mir vorgestern noch gesagt. Egon ist der Wirt.

Da hätten Sie den Willi mal sehen sollen, der war so mies, der hat den ganzen Abend nich mehr gesprochen. Nur ab und zu: Ein Bier, ein Korn. War et also doch zu wat gut. Ich sage zu Fräulein Liesenkötter, wenn einer keine Kritik vertragen kann, warum fängt er dann überhaupt eine Diskussion an, dat ist etwas, wat ich auffen Tod nich abkann. Da sagt Fräulein Liesenkötter doch glatt, Herr Lippenblüter, ich hab ja nich gezählt, aber fünfmal hamse heut abend bestimmt schon gesagt, dat ist etwas, wat ich auffen Tod nicht leiden kann. Ist auch ganz schön eintönig und vor allem sagt es wenig aus, höchstens, daß Sie aus einem ganz anderen Grund schlechte Laune haben.

Nu frage ich Sie, soll man auf so wat noch einsteigen? Nee, sehen Sie, hab ich auch nicht gemacht. Denn wenn ich eins hasse, sind es alte Jungfern, die gerne Psychiater geworden wären, wo et aber nur zu einer Lehrerin gelangt hat und die einem nun dat Wort im Munde rumdrehen vor lauter Frustration. Naja, in diesem Sinne.

Hubert Lippenblüter und die Hunde

Letztens standen wir wieder alle Mann anne Theke im Kühlen Grund, hatten auch wieder ordentlich einen im Schlappen, kommt Stratenkötters Jakob, unser Postbusfahrer, rein und schreit, guckt ma, wat ich hab! Und da zerrt er da so eine ... ja, wie soll ich sagen, so eine Mischung aus einem sehr kleinen Löwen und ein sehr großen Biber hinter sich her, zehn Wochen alt, sagt er, fast reinrassig, ham se im Tierheim gesagt! In der Zwischenzeit hatte dat Gebilde schon vor Aufregung an die Bar gemacht, haarscharf neben meine neuen Sandaletten, na, sagt Husemanns Willi, der dat Sportgeschäft hat, da hat er sich ja schon den richtigen ausgeguckt. Wir hatten nämlich mal ein Streitgespräch, seitdem erzählt Willi überall, ich hätte wat gegen Hunde. Dabei ist dat überhaupt nicht der Fall, ich seh gern Lassie, und ich erzähl unheimlich gern Hundewitze, auch schon deshalb, weil man damit so schön Hundebesitzer ärgern kann, weil, für die ist ja so ein Hund ein Tabu. Lüttgenherms Anton, auch son Spezialist, der rennt immer mit seinem alten Dackel um die Wette und läßt ihn gewinnen, also der ist auch nich mehr so ganz klar im Kopp, und der hat sich mal so einen ganz bezeichnenden freudigen Versprecher gelappt, sagt er so, wer einmal einen Hund gehabt hat, von dem will kein Mensch mehr wat wissen.

Naja, ich sag so zu Stratenkötters Jakob, na, wenn der noch wächst, wird das ja ein astreiner Wachhund, mußt ihn nur richtig erziehen, dann kommt er immer an, wenn Einbrecher inne Bude sind und beißt dich! Hat wieder keiner drüber gelacht, weil Husemanns Willi, der Idiot, inne Zwischenzeit Schnaps auf eine Untertasse getan und dat dem armen Hund hingestellt hatte, der schlabberte dat auch brav aus, und nicht ganz zwei Minuten später hätten Sie mal sehn sollen, wie gelöst sich dat Tier plötzlich gab. Also dat is ja beneidenswert, wenn man von ein einzigen Doppelkörnchen schon dermaßen einen im Tee hat, nee, aber mal ernsthaft, manche Leute übertreiben die Tierliebe ja wirklich. Wenn ich an so ein Tiergeschäft vorbeikomme und sehe da im Fenster so Trinknäpfe, wo draufsteht Struppi oder Ajax, ich meine, da pack ich mir doch an Kopp, weil als Herrchen trink ich kein Wasser und son Hund kann nich lesen.

Mein Bruder, Sie erinnern sich, der in Paderborn mit meiner Schwägerin leben muß, die ham ja auch einen Hund, so einen vollgefressenen Pudel, dat is ja nun eine Rasse, die ich auf'n Tod nicht ausstehen kann. Und meine Schwägerin kann man mit Hundewitzen auch herrlich auffe Palme bringen, hab ich letztens einen erzählt, war se wieder sauer: Finchen, sag ich, letztens hab ich einen Hundebesitzer getroffen und sag zu dem: Ihr Hund hat meine Schwägerin gebissen! Ja und, sagt er, wollen Sie mich jetzt haftbar machen? Ich sag, Quatsch sag ich, ich will den Hund kaufen! Da war die so beleidigt! Nu frag ich Sie, muß man dat denn nun so persönlich nehmen? Mein Bruder sagt, Hubert, nu hör doch auf, hab ich gleich noch einen erzählt: Wat ist der Unterschied zwischen unverheiratet und verheiratet? Wußten se nich, sag ich, beim unverheirateten Mann bringt die Freundin, wenn er abends nach Hause kommt, die Pantoffeln, und der Hund kläfft, beim Verheirateten isset umgekehrt.

Naja, ich wollt gar nicht soviel von meine Schwägerin erzählen, et ging ja mehr um Jakob Stratenkötter, ich sage, ist euch schon mal aufgefallen, dat jeder Hundebesitzer energisch bestreitet, dat sein Hund auffen Bürgersteig macht? Ich frag mich nur, wo nun die vielen Hundeköttel herkommen! Und Jakob gleich, also mein Ewald, dat kann ich euch sagen, der wird erzogen, dat werdet ihr nie erleben, ich garantiere euch, für jeden Haufen, der meinem Ewald und mir nachgewiesen werden kann, eine Lokalrunde! Ich gucke runter und wat sehe ich? Hatte Ewald schon den Grundstein zu einem schönen Besäufnis gelegt. In diesem Sinne.

Hubert Lippenblüter und das Surfen

Ich muß Ihnen jetzt eine Begebenheit aussen Sommer vergangenen Jahres beichten, weil ich psychisch überhaupt jetzt erst soweit bin, dat ich darüber lachen kann. Et ist nämlich gar nicht so einfach für einen Mann in den besten Jahren, von einem simplen Sportgerät vor aller Augen lächerlich gemacht zu werden. Et begann damit, dat Husemanns Willi, der dat Sportgeschäft hat, abends in Kühlen Grund damit rumräsonnierte, dat er jetzt auch eine Kollektion Surfbretter reingekriegt hätte und uns alle an kommenden Sonntag zu einer Informationsparty an den See bei uns umme Ecke einladen wollte, Getränke wären frei, wir müßten sie nur noch selber mitbringen. So ist Willi nun mal. Na, wat soll ich Ihnen sagen, wir waren so an die 15 Mann hoch, allet wat in Kühlen Grund Rang und Namen hat, sogar der Pastor und unser Vikar hatten sich mit rauskutschieren lassen, aber wahrscheinlich weniger aus Liebe zum Wassersport, sondern weil se Fräulein Liesenkötter, die Lehrerin von nebenan, meinen stillen Schwarm, und Lilli Weidenkamp mal im Bikini sehen wollten.

Naja, dat wollt ich aber gar nicht erzählen, sondern von dem Kampf zwischen mir und diesem Surfbrett. Husemanns Willi hatte nämlich gleich einen Surflehrer mitgebracht, Heinz, so einen Schwarzenegger für Arme, der sich sofort an Fräulein Liesenkötter ranmachte auf eine Art und Weise, wo man als normaler Beamter gar keine Worte findet. Naja, er hat dat also erklärt, wat überhaupt keinen Menschen interessiert, wie die Dinger da angemacht werden, war dauernd mit seinen Fachausdrücken am Angeben, Tampen, Rigg, Vorliekstrecker, dat hab ich behalten, weil dat so bescheuert klingt, und dat der Surfer immer im Luv steht und dat Dingen mit die Winde, ablandig, auflandig, und wir surfen mit dem scheinbaren Wind. Dabei ist mir dat doch scheißegal, Hauptsache, ich komme hin und wieder zurück, nun hat der Deutsche eben diesen unseligen Hang zur Schwafelei und zur Theorie.

Also son Typ war auch Heinz, dieser Aushilfssamson, und wie er dann seinen Sermon abgelassen hatte, immer Fräulein Liesenkötter im Fixier, und ich möchte nicht wissen, wie lange der gebraucht hat, um den Käu auswendig zu lernen, da kam er dann zur praktischen Demonstration, nicht, hat er dat Dingen ins Wasser geschleppt und hat uns dann einen Dreieckskurs, sagt er, wie man ihn auch bei de Prüfung machen müßte, vorgesegelt. Naja, ich meine, wer's mag, mir persönlich ist ein Segelboot lieber, ich hab dat auch gesagt, sagte Willi, der Idiot, ja klar, weil de damit mehr Getränke mitnehmen kannst, jedenfalls war dann Heinz wieder da und fragte, wer denn mal aufs Brett wollte, und Fräulein Liesenkötter, weil se wohl merkte, wie mich der Idiot nervte, wollte mir wat Gutet tun und schrie ganz laut: Herr Lippenblüter, Sie sind doch der Sportlichste von allen, machen Sie mal!

Na, dat Hallo können Sie sich ja vorstellen. Und Heinz, der Armleuchter, mit dem Instinkt des Primitiven, witterte eine Gelegenheit, den Feind von dem sicheren Grund und Boden, wo er unschlagbar ist, in die eigene Domäne hinunterzulocken und mich tödlich an meine Achillesverse zu erwischen. Sagt er scheinheilig, Sie haben schon gesurft? Und ich, ich meine gut, dat war eine Fehleinschätzung, aber wenn ich soviel Ahnung hätte, wär ich Kapitän geworden und nich Postbeamter, sag ich so, nich direkt, aber ich habe sehr viel gerudert und gesegelt, na, sagt der, dat ist etwas anderes, dann machen wir erst mal Stehübungen. Dat machte mich auch schon gleich wahnsinnig, «wir», wie im Krankenhaus der Professor, und ich sag: So, ob wir denn da beide Platz haben, aber dat hat er gar nich kapiert, diesen feinen Humor, sagt er, kommse, ich halt Ihnen dat Brett, am Anfang ist dat ein bißchen schwer.

Naja, ich will mich da draufschwingen und klatsch natürlich int Wasser. Und die Kommentare vom Ufer, elegant, Hubert, oh, mit Pirouette, Hubert, so ging dat bestimmt achtmal, und wie ich sah, dat sich auch Fräulein Liesenkötter am Kaputtlachen war, da hab ich die Wut gekriegt. Ich sag, jetzt lassen Sie gefälligst dat Scheißbrett los, meinen Sie, ich merk nicht, dat Sie mich dauernd int Wasser kippen, grinst er so, wenn Sie meinen, dann wollen wir dat mal allein probieren. Ich kam natürlich gar nicht mehr auf dat Ding rauf, hab dat dreimal versucht und dann so getan, als ob ich einen Krampf hätte, und da sagt doch der Idiot glatt, Sie hatten recht, ohne Festhalten sind Sie keinmal mehr reingefallen, allet war am Gröhlen, der Tag war gelaufen.

Jedenfalls waren mir Surfer immer schon verdächtig, und wie ich jetzt las, dat durch diese immer mehr um sich greifende Unsitte jährlich Hunderte Wasservögel in den Röhrichtbeständen unserer Binnenseen am Brüten gehindert werden, wußt ich Bescheid. Wat den Vögeln schadet, kann auch für den Menschen nich gut sein. In diesem Sinne.

Hubert Lippenblüter und das Krankenhaus III

Nicht, dat Sie mich jetzt für übertrieben kränklich halten, aber ich war doch letztens wieder im Krankenhaus. Es hatte nämlich ein Zwölffingerdarmgeschwür angefangen zu bluten. Natürlich war die Betroffenheit in meinen Freundeskreis entsprechend groß, und so standen sie dann auch alle um mein Bett rum und fragten sich, wat se wohl falsch gemacht hätten, weil alles Unwohlsein im Magen-Darm-Trakt ist ja im Seelischen begründet. Ich lag also still und blutleer inne Kissen, drumrum Fräulein Liesenkötter, wo ich doch dieses Auge drauf geworfen habe, dann mein engster Freund Husemanns Willi, dann unser Vikar, und die Frage war eben: Warum? Ein Mann in den besten Jahren, erfolgreich im Beruf, bei einer Aktion, die die Bundespost gemacht hat, stellte sich nämlich heraus, daß ich am Ort mit Abstand der beliebteste Schalterbeamte bin, von uns beiden, vor allem bin ich für den weiblichen Kundenkreis von einer magischen, wat sage ich, magnetischen Anziehungskraft. Meinte Husemanns Willi, dat isset, Hubert, du wilden Hund, die Frauen, du mußt in Zukunft kürzer treten, ist doch alles Streß, ich sage, Willi, ist ja lieb gemeint, aber wir beide wissen, dat et dat nich sein kann, nein, nein, der seelische Kummer muß ganz woanders liegen. Dat will ich Ihnen sagen, Herr Lippenblüter, sagt Fräulein Liesenkötter, und da wußt ich schon Bescheid, der Kummer liegt in Kühlen Grund in Kühlschrank und heißt Doppelkorn. Dat konnte ja nich gutgehen, mit Ihrer Sauferei, und Sie, Herr Husemann, sind auch bald anne Reihe. Ich hab nur still mein Köpfchen auffe andere Seite gedreht, wissen Sie, wie bei Wölfen und anderen Raubkatzen, dat war doch mal bei dem Professor Grzimek, wenn da einer unterlegen ist, dann macht er eine sogenannte Demutsgebärde, also er hält quasi gleichsam den Hals zum tödlichen Biß hin, und beim Menschen bedeutet das eben, liebes Fräulein Liesenkötter, ich bin im Moment nich in der Lage, mich mit Ihnen zu streiten, also geben Sie Ruhe, bitte.

Naja, drei Wochen hamse mich dabehalten. Acht Mitpatienten hab ich kommen und gehen sehen, und da ist mir wieder diese Ehrfurcht unangenehm aufgefallen, die doch der normale Sterbliche vor dem Halbgott in Weiß, dat ist der Arzt, und der Göttin in Blau, dat ist die Oberschwester, trotz Schwarzwaldklinik und anderen Aufklärungsserien hat. Ich bin da ja anders. Für mich ist der Arzt ein Berufstätiger wie du und ich mit all seinen Fehlern. Ein Beispiel. Der Herr Seewald, links neben mir, sollte beim Frühstück nüchtern bleiben, wegen einer Blutentnahme. Dat hatten se ihm abends gesagt, morgens ham se ihm dat Blut weggenommen, dann hat er sich Frühstück geholt, wir hatten ja schon, es fliegen die ersten Scherzworte, kommt die Oberschwester und macht einen Terz: Herr Seewald, wo bleiben Sie denn, Sie sollten doch runter zur Magensäureuntersuchung und nüchtern bleiben, und jetzt sind Sie hier am Tafeln. Der war ganz blaß. Da sage ich, Schwester, et hat doch aber nur geheißen, Blut, da war ich doch selber bei. Sagt se ganz schnippisch, halten Sie sich da raus, Herr Lippenblüter. Ich denk, warte, Freundchen. Und richtig, einen Tag später hatten se bei mir vier Tütchjen von diesem weißen Zeug, wat ich immer nehmen mußte, vergessen, also normal kriegte ich morgens sechs Stück fürn ganzen Tag, und den Tag waren es nur zwei. Ich hab schön die Klappe gehalten, nächsten Tag waren es wieder sechs. Ich sag zur Oberschwester, wat, heute sechs, gestern nur zwei, mir kann et ja egal sein, aber nich, dat Sie nachher Schwierigkeiten kriegen. Wat sagt se, gestern zwei, wieso haben Sie denn nix gesagt? Ich sag, bei Ihnen sag ich gar nichts mehr, Schwester Beatrix, da verbrennt man sich nur den Mund. Kriegt se ne knallrote Birne und raus. Aber dann kam dat größte, bei der Visite sagt der Oberarzt zu mir: Herr Lippenblüter, mitdenken ist bei uns nicht verboten, Ärzte und Schwestern sind Menschen wie du und ich und machen Fehler, wenn Ihnen also in Zukunft wieder mal was auffällt, bitte gleich melden.

Nun frag ich Sie, ist das ein Heuchler oder nich? Und das Schlimme, immer unter einer Decke mit den Schwestern. Aber für die Zukunft weiß ich Bescheid. In diesem Sinne.

Hubert Lippenblüter und der Zettel

Sie entsinnen sich doch alle an meinen Bruder und seine Frau, wat meine Schwägerin ist, wo sich diese sprichwörtliche Xanthippe ausse Bibel gegen ausnimmt wie der reinste Wonneproppen. Und bei den beiden rauscht et wieder mal im Karton. Der Grund ist nur ihre maßlose Eifersucht, denn allet, wat se an Corpus delicti in Händen hat, ist ein verknitterter Zettel, den se nachem Betriebsausflug von meinem Bruder seine Firma in seinem Sakko gefunden hat und wo draufsteht, bitte, bitte nicht vergessen und dann eine Telefonnummer und dann Rosi. Da zieht se sich jetzt dran hoch, wo se es gerade nötig hat! Die war nämlich vor der Heirat mit meinem Bruder schon zweimal verlobt, und es soll mir keiner erzählen, dat so ein berechnendes Weib, wie se nun mal ist, alle Brücken hinter sich zum Einsturz bringt, vor allem, wo se jedes zweite Wochenende zu ihrer Mutter fährt, wo rein zufällig beide Exverlobten nämlich auch noch wohnen, in dem Ort!

Na, ich sprach dann letztens im Kühlen Grund über diese Angelegenheit mit Husemanns Willi, auch Junggeselle wie ich, ich sach, Willi, sach ich, wat würdest du als Frau denken, wenn du im Sakko von deinem Mann einen Zettel finden würdest, bitte, bitte nicht vergessen, Nummer und Rosi? Tja, meinte Willi, erst mal würde ich als Frau nicht inne Klamotten von meinem Mann rumwühlen, dat muß ja eine durch und durch vergiftete Atmosphäre sein, bei den beiden, aber egal, also ich würde annehmen, dat ist ein Hinweis von einer Arbeitskollegin, die vielleicht Mist gemacht hat, wo se ihn erinnert, dat er beim Chef ein gutes Wort für se einlegen wollte, oder et ist der Zettel von einer entfernten Tante, wo se ihn mit an den Geburtstag der kleinen Nichte erinnern will.

Ich sach, siehste, Willi, sach ich, genau dat hab ich auch gesagt, aber weißt du, wat meine Schwägerin denkt? Nä, sagt Willi. Die meint steif und fest, mein Bruder hätte wat mit diese Rosi! Dat ist ja schon mal völlig unlogisch, sagt Willi, weil er dann diesen Zettel nicht in seinem Sakko rumliegen ließe, soviel Blödheit auf einen Haufen gibt et ja gar nicht, und außerdem, warum sagt dein Bruder nicht einfach: So, Weib, damit Ruhe ist, jetzt rufst du selber diese Nummer an, dann weißt du ja, wat los ist, und dann hat er natürlich Rosi vorher geimpft, und die meldet sich dann mit: Hier Friedhofsgärtnerei Selig, und dann kann dein Bruder nämlich sagen, dat Ganze wär ein Scherz von seinen Kollegen gewesen, die ja alle wüßten, wie krankhaft eifersüchtig se wäre, und dat dürfte ihr jetzt ja wohl eine Lehre sein! In dem Moment mischt sich Fräulein Liesenkötter ein, sagt se ganz spitz, mit diesem Gespräch habt ihr beiden euch ganz schön die Masken vom Gesicht gerissen, Ehebruch, aber bitte, Hauptsache, die Frau erfährt nix und wird obendrein noch vereimert!

Ich sach, liebes Fräulein Liesenkötter, sach ich, erst mal stimmt mich Ihre rauhe Wortwahl nachdenklich für eine Lehrerin, und es betrübt mich auch, die Kinder dieses Ortes in den Händen einer Erzieherin zu wissen, die nichts Verwerfliches dabei findet, heimlich Männergespräche zu belauschen, soweit das Berufliche, privat muß ich Ihnen sagen, dat ich et ablehne, Eheprobleme mit einer Frau zu erörtern, weil die einfach zu subjektiv urteilt und sofort Partei bezieht, und dat in einem schwebenden Verfahren!

War se stocksauer und ist abgezogen, aber dat ist typisch Frau: Vorurteile haben und dann die Wahrheit nicht vertragen können! In diesem Sinne.

Hubert Lippenblüter und die Nikolausfeier

Sie entsinnen sich doch noch alle an meinen Bruder, der in Paderborn an diesem schweren Ehejoch trägt, und da hatte ich jetzt Hausverbot, ich, der leibhaftige Bruder, und alles nur wegen dieser schweren Ehekrise Frühjahr letzten Jahres. Da hatte mein Bruder mich ja flehentlich gebeten, mich rauszuhalten, hab ich auch gemacht, wenn man mal von den drei anonymen Briefen absieht, aber die hätten ja von jedem sein können. Aber dann fragt mein Bruder ausgerechnet mich, sag mal, Hubert, hast du die beiden anonymen Briefe geschrieben? Ich sag, wat, sag ich, ist der dritte nicht angekommen? Und von diesem Moment an hat mein Bruder, vermute ich, etwas geahnt. Ich hörte dann gerüchtweise von unser Mutter, daß meine Schwägerin geäußert haben sollte, se ginge jetzt zu ihrer Mutter zurück, daraufhin muß die wohl geäußert haben, käme überhaupt nicht in die Tüte, und daraufhin hätte se sich gewaltsam wieder mit meinem Bruder versöhnt.

Jedenfalls war ich von da an der Buhmann und wurde gewaltsam totgeschwiegen. Bis Anfang Dezember vergangenen Jahres. Da kamen die beiden plötzlich an und fragten, ob ich nicht den Nikolaus für die Kinder machen könnte, weil der Nachbar, der dat sonst immer gemacht hätte, läge im Sterben, und Heinrich wäre doch mein Patenkind. Naja, Gutheit ist Dummheit, ich hab mich dann breitschlagen lassen, mein Bruder hat dat Kostüm besorgt, meine Schwägerin ging dann mit mir dat goldene Buch noch mal durch mit den ganzen Verfehlungen vonne Kinder, und dann sagt se am Schluß, Hubert, du kannst ja deine Geschenke mit in den Sack tun. Ich sag, wat, Geschenke, ist dat nicht genug, dat ich hier Hollywood für euch mach, für lau? Habt ihr überhaupt eine Vorstellung, wat euch ein Nikolaus vom Studentenwerk kosten würde, und dann isset womöglich noch ein Neger?

Naja, jedenfalls ich komm rein wie Ben Hur nach der Einnahme von Aspirin, die Kinder saßen da, sonne Augen, gefaltete Hände, wie man dat sonst nur noch aus alten Filmen kennt, ich dat goldene Buch rausgeholt, so, sag ich, da wollen wir doch mal gucken, wat mir die Mama in den Himmel geschrieben hat. Wat, ihr eßt eure Teller nie auf? Ich sag, dat kann ich gut verstehen, so wie eure Mutter kocht! Meine Schwägerin verfärbte sich. Wat steht hier weiter, Heinrich haut im Kindergarten die anderen Kinder immer mit der Schüppe auffen Kopp.

Tja, du kommst eben nach deinem Patenonkel, mein Gott, wat hab ich mich früher gekloppt, da hätte ich mich noch beinahe verraten! Hab dat natürlich geschickt überspielt, gleich weitergemacht, wat muß ich hier noch lesen, Wilhelmine lügt immer für ihren Bruder, wenn die beiden beim Einkaufen im Supermarkt Bonbons geklaut haben. Ich sag, gut, Kind, sag ich, Teamgeist, dat Leben ist ein Miteinander wie bei Mama und Papa! Die beiden haben auch zusammen Papa dat Rauchen abgewöhnt. Erst durfte er nicht mehr im Wohnzimmer, wegen der Gardinen, im Schlafzimmer hat er noch nie gedurft, und dann hat er noch einige Zeit heimlich auffem Klo, da hat er sich aber ein paarmal beim Abaschen so empfindlich verbrannt, da hat er keine Lust mehr gehabt! In diesem Moment verlor meine Schwägerin die Beherrschung. Schrie se: Hör auf, Hubert, hör sofort auf!

Die armen Kinder wußten natürlich überhaupt nicht, wat los war, da kann man mal sehen, wie rücksichtslos die Frau ist, also mußte ich die Situation jetzt irgendwie retten. Ich also alles von mir geworfen, Stock und Hut, Bart und Mantel und sag, so, liebe Kinder, hier sind die Geschenke, die euch euer Onkel Hubert mitgebracht hat, es gibt keinen Nikolaus! Und wo wir gerade so schön dabei sind: Christkind, Osterhase, Klapperstorch gibt es auch nicht, dat ist alles Onkel Hubert!

Nun hab ich wieder Hausverbot. Aber ich habe die Gewißheit, daß ich diesen Kindern etwas gegeben habe, wat ihnen niemand mehr nehmen kann: den Glauben an die Menschheit! In diesem Sinne.

Hubert Lippenblüter und der Alkohol

Jetzt isset passiert! Fräulein Liesenkötter, die Lehrerin von nebenan, ist ernsthaft nicht mehr gut auf mich zu sprechen! Dabei wollte ich se gar nicht kränken, aber se ist ja auch selber schuld. Wat kann se auch einen gestandenen Junggesellen, wie mich, nicht in Ehren ergrauen lassen! Se meint immer, mir fehlte wat. Dabei hab ich ihr schon mal gesagt, wie se sagt, wie halten Sie dieses Leben bloß aus, sag ich, ein Junggeselle ist einer, dem zum Glück die Frau fehlt! Ja, sagt se, sehen Sie! Hatte se wieder die ganze feinsinnige Dialektik dieses geflügelten Scherzwortes nicht mitgekriegt.

Letztens hatte se nun Elternabend im Kühlen Grund. Ich stehe zufällig anne Theke mit meinem Freund Husemanns

Willi, da kommt Fräulein Liesenkötter an, stellt sich so daneben und meint: Na, ihr beiden Schwerenöter, wieder beim Thema? Wat immer se damit meinte, erstens stimmte et nicht und zweitens ging et se nichts an und drittens war das ein Männergespräch, und da sind, wie der Name schon sagt, Frauen unzuträglich und von daher unerwünscht. Ich sage also, Fräulein Liesenkötter, sage ich, et ist ja glatt zum Fürchten, wie sechs Klare und zwölf Bierchen Sie verändern! Sagt se ganz empört, Herr Lippenblüter, ich habe doch keine zwölf Bier und erst recht keine Klaren getrunken! Nee, sag ich, aber ich!

Oh, da war se aber sauer, hat sich auf ihre Gesundheitskreppsohle herumgedreht und ist abgedampft. Natürlich hat mir dat sofort leid getan, ich kann se nämlich normalerweise über die Maßen gut leiden, Husemanns Willi auch, dat darf man ihr natürlich in der Form nicht sagen. Nun trinke ich normalerweise nie mehr als zehn Bierchen, aber et gibt eben Tage, wo man sich nicht beherrschen kann, besonders nach starken, nervlichen Anspannungen, wie zum Beispiel ein Telefonat mit meinem Bruder, der in Paderborn so unglücklich verheiratet ist. Also, wenn der mir eine Stunde lang wat von seinen Problemen vorgesäuselt hat, die ich sowieso kenne, dann bin ich immer fix und fertig. Oder unser Kaplan, der ist auch so anstrengend, vor allem, wenn er predigt. Für seinen kleinen Sprachfehler kann er ja nun wirklich nichts, aber die Gemeinde auch nicht, und warum muß er dann extra viele S-Laute in seinem Sermon verarbeiten, wenn er weiß, dat er dabei so schmatzt! Letztens kam er sonntags an, nache Messe, ich war gar nicht drin, steh anne Theke im Kühlen Grund und will gerade zahlen, fragt er so spitzbübisch, Herr Lippenblüter, wie hat Ihnen denn meine Predigt gefallen? Ich sag ganz laut, damit dat auch alle mitkriegen: Wunderbar, Herr Kaplan, ich habe ja vorher gar nicht gewußt, wat Sünde ist! Da hat er eine knallrote Birne gekriegt und ist abgehauen.

Da war ich aber noch nüchtern! Unser Dr. Fährmann sagt auch schon immer, Hubert, wenn du dat Saufen nicht einschränkst, wirst du nicht alt. Und dann sag ich immer, ja, Alkohol hält jung, und dann lacht er immer, und dann trinken wir erst mal einen. Der Doktor ist schon eine Marke, der kommt auch manchmal zum Skat innen Kühlen Grund, so zwei- bis fünfmal die Woche.

Letztens ruf ich Willi an und sag, Willi, sag ich, seid nicht böse, ich konnte gestern nicht kommen, ich hatte noch soonen Kopp von vorgestern. Sagt Willi, wieso, du warst doch da! Da bin ich dann doch ins Grübeln gekommen, bin richtig in mich gegangen und nicht innen Kühlen Grund, Gott sei Dank hab ich ja auch immer wat zu Hause, hab ich angefangen zu philosophieren, wo et so hingeht mit dem Menschen, wie dat alles noch endet und wann, aber da findet man ja kaum eine befriedigende Antwort als Nichthellseher. Und die Hellseher wissen auch nix! Da war ich nämlich mal, in Paderborn, da wollte ich nämlich meinem Bruder zur Hochzeit eine Expertise schenken, dat die Ehe nicht lange hält, kam ich da an, so eine Bruchbude, keine Klingel, ich klopfe, ruft der Hellseher von drinnen, wer ist da?

Da wußte ich Bescheid und bin gleich wieder abgehauen. Elsbeth Biersling, die ist ja verwitwet, sucht aber wieder ein Opfer, die war auch mal bei einer Kartenhexe in dieser Angelegenheit, sagte die Frau gleich, oh weia, Pik und Kreuz, da sehe ich schwarz. Dann ließ Elsbeth aber nicht locker und wollte dann wissen, ob wenigstens ihre häßliche Tochter noch unter die Haube kommt, und dann meinte die Frau, jawohl, sie würde einen jungen Mann kennenlernen, arm, aber gesund, sie wird heiraten und einem Töchterchen dat Leben schenken. Und wat soll ich Ihnen sagen? Dat ist auch alles eingetroffen, bis auf die Heirat!

Naja, ich hab dann ein bißken ferngesehen, und wat sehe ich? Unsern Kanzler, wie er gerade eine Weinkönigin küßt und etwas über Wein erzählt und das Glas hebt. Ich trinke nie Wein, aber wer würde nicht gerne mit unserm Kanzler anstoßen? Ich schnell in den Keller, Pulle Wein von Weihnachten aufgemacht, und wie ich wieder hochkomme, ist unser Kanzler weg. Und da hab ich vor Kummer und Freude die ganze Flasche alleine getrunken. In diesem Sinne.

Hubert Lippenblüter und der Mond

Letztens kam Husemanns Willi abends innen Kühlen Grund gestürzt, ich stand zufällig schon anne Theke, sagt er ganz aufgeregt, noch bevor er irgend etwas bestellt hat, Hubert, sagt er, ich hab meine Tage! Ich sage, Willi, sag ich, nun sag aber mal! Bist du am frühen Nachmittag schon angeschickert? Nein, sagt er, ehrlich, ich habe dat gestern gelesen, Männer haben auch eine Periode, natürlich nicht so wie Frauen, mehr geistig und auch nicht so oft, aber sonst genauso: Abgespanntheit, Gliederschmerzen, Kopfweh, mangelnde Konzentrationsfähigkeit usw. Ich sage, Willi, sag ich, du mußt nicht immer alles glauben, wat inne Zeitung steht, wat du da hast, ist keine Periode, dat ist ein Kater, weil du nämlich gestern wieder stramm warst wie ein Amtmann, und dieser Kater tritt auch periodisch auf, aber sehr viel öfter, und außerdem, wat meinst du, wenn du dat Fräulein Liesenkötter erzählst, die kriegt doch wieder zuviel und meint, du wolltest in eine weibliche Domäne einbrechen! Fräulein Liesenkötter, die Lehrerin von nebenan, mein stiller Schwarm und Willis auch, steht Junggesellen gegenüber äußerst mißtrauisch da und braucht immer Fremdwörter, weil se doch studiert hat.

Nein, sagt Willi, dat stand in einem medizinischen Fachblatt, wat im Wartezimmer von Dr. Gehrke, unserem

Zahnarzt, lag, und weiter stand da, dat dat wat mit der Anziehungskraft des Mondes zu tun hat, genau wie Ebbe und Flut, und vieles andere auch. Wie er sagte, Mond, fiel mir natürlich sofort dieser wunderbare Witz ein, wo die Amis feststellen, dat die Russen dabei sind, den Mond rot zu streichen, und wo der amerikanische General sagt, schön, wenn se damit fertig sind, schicken wir einen rauf mit 'nem Eimer weißer Farbe und der soll draufschreiben: Coca-Cola. Und den hab ich dann auch erzählt, kannte Willi aber schon, und er wollte nun unbedingt weiter über seine Tage reden im Zusammenhang mit dem Mond. Sagt er, bedenk doch nur mal, man hat die Bedeutung des Mondes schon im Mittelalter erkannt! Es gibt doch diese Oper oder Operette Frau Luna, wieso eigentlich Frau, egal, und dann der Kampf der Supermächte um den Mond und die Sache mit Ebbe und Flut und dann eben meine Tage, ich habe dat Gefühl, dat da mehr Dinge zwischen Himmel und Erde im Busch sind, als unsere Schulweisheit sich träumen läßt.

Zum Beispiel bei Vollmond, sagt Willi, da ist et doch eine Tatsache, dat viele nicht schlafen können! Ja, sag ich, ist doch klar, da isset ja auch besonders hell! Aber Willi war überhaupt nicht zu bremsen. Manche Leute, sagt er, reagieren dann auch ganz merkwürdig, weißt du noch, letzten Monat, wie dieser besoffene Kerl aus Enkhausen mit dem vollen Aschenbecher nach mir geworfen hat und dann Gott sei Dank nur Beckmanns Jupps Frau getroffen hat, die gerade reinkam! Vollmond! Oder den Monat davor, wie die Tochter von Elsbeth Biersling auffe Namenstagsfeier von Lilli Weidenkamp ganz plötzlich mitten in der schönsten Schwarzwälderkirschtorte einen Weinkrampf kriegte? Vollmond! Oder letztes Jahr, wie Jakob Stratenkötter, unser Postbusfahrer, auf völlig gerader Strecke in den Graben gefahren ist? Alles Vollmond! Ich sag, der war bestimmt gerade hinten am Kassieren, aber Willi bestand auf seinem Vollmond.

Ich habe dann erst mal eine Runde bestellt, um ihn auf andere Gedanken zu bringen, in dem Moment kommt Fräulein Liesenkötter rein, wie auf Kommando. Ich sage, Fräulein Liesenkötter, sage ich, mit unserem Willi müssen wir heute ganz vorsichtig sein, der hat nämlich seine Periode. Sagt Fräulein Liesenkötter ganz spitz, sagen Sie mal, ist heute Vollmond? Siehste, Hubert, schreit Willi, Fräulein Liesenkötter weiß es auch, und die hat schließlich studiert! Nein, nein, sagt se, wat ich meine, ist, dat sich ein kleiner Dachschaden bei Vollmond besonders stark bemerkbar macht!

So, wat sollte ich jetzt machen? Wenn ich ihr beigepflichtet hätte, hätte ich Willi mit seiner bekloppten Theorie recht gegeben, wenn er den ganzen Unsinn aber unter Einfluß von Vollmond zusammengebrabbelt hat, wie kann dat dann wissenschaftlich ernst zu nehmen sein? Sehen Sie. Noch nie war mir so klar, wat Philosophie ist. Die Nähe der großen Denker erträgt man natürlich am ehesten mit einem geistigen Getränk inne Hand, dat hab ich dann auch bestellt und sag zu Egon, unserem Wirt, Egon, sag ich, ist dir schon mal aufgefallen, dat der Mond besonderen Einfluß auf den Menschen ausübt? Sagt Egon, hör bloß auf, meine Schwiegermutter in Unna, die ist mondsüchtig, dreimal haben wir die schon vom Dach geholt. Naja, ich bin dann bald gegangen, und wat soll ich Ihnen sagen, kein Auge hab ich zugetan, die Nacht. War nämlich Vollmond. In diesem Sinne.

Hubert Lippenblüter und der Namenstag

Letztens hatte ich Namenstag, habe ich ein Kaffeetrinken mit Cognac drin im engsten Kreise veranstaltet, Husemanns Willi, der ja dat Sportgeschäft hat, hat mir einen Expander geschenkt, der Idiot, bloß weil er sehen wollte, wie ich dat Dingen nicht auseinandergezogen kriege! Ich hätte et ihm am liebsten um die Ohren gehauen, vor allem, wo doch Fräulein Liesenkötter auch da war, die Lehrerin von nebenan, mein stiller Schwarm, und die hat ausgerechnet am lautesten gelacht. Und dann hatte se mich noch vorher gefragt, wat ich mir wünsche, sag ich natürlich, wat Geistiget. Jeder weiß, dat ich damit einen schönen Weinbrand meine oder einen edlen Wodka, nein, wat bringt se mit? Ein Buch. Von eine Frau geschrieben, Elke Heidenreich. Naja, handelt von einer erfundenen Metzgersgattin, die beim Würstchenverkaufen überall ihren Senf dazugibt, im Dialekt des Ruhrgebietes. Für sich genommen sicher schön, wer's mag, aber in diesem speziellen Falle natürlich eine Enttäuschung.

Zumal ich gleich noch ein Buch kriegte, von Ziska Bokelmeier, die inne Stadtbibliothek arbeitet, von einem Herrn Guinneß, dat Buch der Rekorde. Da stehen lauter so verrückte Höchstleistungen drin, dat kennen Sie sicher auch aus dem Fernsehen. Wer zum Beispiel die größte Ostereiersammlung hat, dat ist nämlich eine Dame aus Berlin, die hat 1500 Stück. Dann haben wir aber doch ein paarmal sehr gelacht, Ziska hat dann vorgelesen, der längste Bandwurm wird bis zu 15 Meter lang. Stellen Sie sich mal vor, Sie haben son Ding, dat können Sie gar nicht allein ernähren! Die größten Biertrinker sind natürlich wir Deutschen, 145,31 Liter pro Mann und Jahr, na gut, et gibt natürlich immer ein paar Schlappmänner, die einem den Schnitt versauen. Den Weltrekord im Fröscheschlucken hält hinwiederum ein Ire. In 65 Sekunden hat er fünf Stück verputzt, ohne Senf und alle und einen von den sechs Wettbewerbsteilnehmern haben se noch disqualifiziert, weil er gekaut hat! Die älteste Kneipe soll 1100 gebaut und am 13. März 1387 zum erstenmal erwähnt worden sein, da kann man mal sehen, mit Geduld und Ausdauer geht alles. Und dann kam wat Hochinteressantes, der größte Geizhals der Welt war eine Frau, eine Amerikanerin. Sie lebte vorwiegend von kaltem Haferbrei, weil Kochen ihr zu teuer war. Ihrem Sohn mußte ein Bein amputiert werden, weil seine Mutter nicht rechtzeitig ein Krankenhaus fand, wat ihn umsonst behandelte. Sie hinterließ 95 Millionen Dollar.

Nun hatte ich mir so fest vorgenommen, jetzt nicht typisch Frau zu sagen, weil et doch an meinem Namenstag keinen Streit mit Fräulein Liesenkötter geben sollte, da sagt Husemanns Willi, der Trampel, dat würde ein Mann nie tun. Schon hatten sich die beiden inne Haare. Fräulein Liesenkötter schnappt sich dat Buch, blättert und kräht triumphierend, hören Sie gut zu, Herr Husemann, die meisten Gerichtsverhandlungen hatte ein Mann, 592, meistens wegen ungebührlichem Verhalten. Sagt Willi, für mich ist dat mehr ein Beweis von Konsequenz, Überzeugungstreue und Charakter, aber wat ist denn hiermit? Rubrik Torheiten: Die längsten Hälse haben die Padaung-Frauen in Burma, und zwar bis zu 40 Zentimeter, die sie von Kindesbeinen an durch aufeinandergelegte Messingringe strecken. Ist dat nicht ulkig? Überhaupt nicht, Sie Ignorant, blaffte Fräulein Liesenkötter, und wenn Sie zu auswärtigen Schimpfwörtern greift, dann weiß ich schon Bescheid, hier steht nämlich noch mehr! Vom männlichen Standpunkt aus erfüllt der Brauch einen doppelten Zweck, die weibliche Schönheit zu erhöhen und die Treue zu sichern. Durch diese Mode wird die Halsmuskulatur einem derartigen Schwund unterworfen, daß die Entfernung der Ringe zur Erstickung führen würde.

Furchtbar, ich hab den beiden dann sofort dat Buch weggenommen und wat Wertfreiet vorgelesen. Dachte ich zumindest. Ich sag, hier, die jeweils höchste Körpertemperatur, nämlich 44,4 Grad, und die niedrigste, nämlich 16 Grad, wurde von Frauen erreicht und überlebt. Und Willi wieder gleich am Tönen, wat ich sage, Frauen sind dat Kälteste, wat et gibt, womit er natürlich nur Fräulein Liesenkötter zu der Äußerung: und dat Heißeste, verlocken wollte, aber die schnaubte nur verächtlich. Ich hab dann noch dat Richtige gefunden, dachte ich. Die längste Verlobungszeit, nämlich 67 Jahre, hatten der 82jährige Octavio Guilla und die gleichaltrige Adriana Martinez hinter sich, als sie 1969 den Schritt in die Ehe wagten. Fräulein Liesenkötter kriegte ganz glänzende Augen, bis Husemanns Willi sagte: Kennt ihr den, wo sich einer nach 65jähriger Ehe scheiden lassen will? Fragt der Richter: Warum? Sagt der Mann: Genug ist genug.

Also nächsten Namenstag lad ich die beiden nicht mehr zusammen ein. Muß ich eben zwei Feiern machen. In diesem Sinne.

Hubert Lippenblüter und das Damenbodybuilding

Also, ich weiß wirklich nicht, ob meine jahrelange Freundschaft mit Husemanns Willi, der dat Sportgeschäft hat, dieses Jahr noch übersteht. Wissen Sie, wat er sich jetzt wieder gelappt hat? Er hat Fräulein Liesenkötter, der Lehrerin von nebenan, meinem stillen Schwarm, der hat er Hanteln aufgeschwatzt! Die macht jetzt jeden Tag Kraftübungen. Ich sage, Fräulein Liesenkötter, sage ich, warum? Sie sind eine schöne Frau, mit Rundungen, die dat Herz eines jeden gesunden Mannes in die Hose rutschen und dort kräftig schlagen lassen, wie stellen Sie sich dat vor, wenn Sie aussehen wie dieser Orang, der Barbier, dieser bayrische Kraftmeier, nicht Strauß, der ist ja viel älter, ich meine diesen Filmschauspieler, Adolf Schwarzbrenner oder -wälder oder so. Da sagt die zu mir, Herr Lippenblüter, Sie sind ein bißchen altmodisch, dat weibliche Schönheitsideal hat sich in den letzten 50 Jahren gewandelt. Neues Selbstbewußtsein, flacher Bauch, sehnige Arme und Beine, straffer Busen. Ich sag, hören Sie doch auf, sag ich, dat haben Sie doch nur aus Husemanns Willis Werbebroschüren! Den straffen Busen lasse ich mir ja noch gefallen, aber welchen Mann wollen Sie denn mit sehnigen Armen und Beinen betören, außer einen Anatomieprofessor bei der Obduktion? Ich zumindest werde den Teufel tun und einer Frau den Hof machen, von der ich annehmen muß, dat se, wenn ihr wat nicht paßt, mich zusammenschlägt, wie seinerzeit die Brunhilde den Gunther, bevor Siegfried kam. Der Schöpfer hat Sie aus gutem Grund so werden lassen, wie Sie jetzt sind, mit ausgeprägten Tälern und Hügeln, mit einem allerliebsten kleinen Bäuchlein, wie ich et übrigens rein zufällig auch habe.

In diesem Moment mischt sich Husemanns Willi ein, der sich heimlich angeschlichen hatte, sagt er: Hör doch auf, Hubert, wie oft hast du mir vorgestöhnt, dat du abnehmen willst, wat hasse nicht alles für Kuren gemacht, und gib et zu, du hast mich auch schon nach einem Sportgerät gefragt, mit dem du ohne viel Arbeit den Bauch wegkriegst, stimmt es? Ich sage, Willi, sag ich, erstens unterbrich mich nicht, zweitens ist dat schon sehr lange her, und ich habe meine Meinung eben geändert, weil ich mich weiterbilde, und drittens bin ich immer noch ein Mann, aber dat du aus purer Raffgier sanfte Frauen in unförmige Muskelgebirge verwandeln willst, dat nehme ich dir übel. Oder willst du eine Frau, die am Tag ein Kilo rohes Fleisch frißt und dich abends statt eines Gutenachtkusses mal eben spielerisch anne Wand wirft, wie in dem gleichnamigen Märchen der Froschkönig? Sagt Fräulein Liesenkötter, wie kommen Sie denn auf rohes Fleisch? Weil in diesen Broschüren, sag ich, die ich sehr wohl kenne, steht, Erfolg erst bei Umstellung der Ernährung, viel Eiweiß und Proteine, wie et nun mal in Fleisch ist, oder wollen Sie dat auch noch bestreiten in Ihrer Blindheit? Ich behaupte, dat et berufsbedingt eine Idealfigur gibt, und die ist von Beruf zu Beruf verschieden. So gibt ein Zehnkämpfer, wie dieser Dingsen oder Bumsen oder wie der heißt, ein anderes Berufs- und damit Erscheinungsbild ab, wie der Postbeamte, der acht Stunden am Schalter sitzt und sich mehr aus dem Handgelenk heraus abrackert. Wenn wir künstlich eine Einheitsfigur herbeiführen wollen, ist dat widernatürlich, und wenn man dann nicht mal mehr Frauen von Männern unterscheiden kann, dann sage ich: Nein! Dat gibt et ja nicht mal bei den Chinesen! Ich bleibe Individualist und bin auch ohne Muskeln glücklich, et gibt auch so genügend Dinge, die an meinem Körper schön und ausgeprägt sind ... da sagt Husemanns Willi, wie zum Beispiel deine Leber, aber die wird ja auch blendend trainiert, und zwar täglich.

Jeder andere wäre jetzt nach Hause gegangen und hätte sich mit einem milden, gütigen Doppelkorn die Tränen getrocknet, nicht aber ein Hubert Lippenblüter. Ich sage, wat mir dann nur auffällt, Willi, wieso bist du eigentlich so ein Hämeken mit eingefallenem rachitischem Brustkorb, spindeldürren O-Beinen und keinen Arsch in der Hose, dat ist aber auch eine ganz schöne Antiwerbung für deine neue Kräfte-CoKG, mein Lieber! Sagt er, Hubert, wir können ja gerne mal Armdrücken machen, dann wirst du schon sehen, wer mehr Muckis hat! Ich sage, den Gefallen tue ich dir nicht, dat ich, wenn dir auf dem Felde der geistigen Waffen der Sprengstoff ausgeht, mich in die Niederungen roher Gewalt begebe! Da war aber plötzlich wat los in der Kneipe! Drückeberger war noch dat mildeste, da hab ich aber knallhart und schneidend gerufen, eben nicht Drückeberger, guten Abend, liebe Kraftsportgemeinde, fröhliches Sackhüpfen allerseits. Und dann bin ich gegangen.

Ich werde überhaupt jetzt ein bißchen mehr lesen, mal wieder meine Philosophiekenntnisse aufpolieren, dat gibt mir einfach mehr. Warum ist Kant nie als Gewichtheber hervorgetreten und umgekehrt? In diesem Sinne.

Hubert Lippenblüter und die Silvesterfeier

Sie entsinnen sich doch alle an meinen Bruder, der in Paderborn an diesem tragischen Ehejoch trägt. Und bei dem und seiner Familie waren wir letzten Silvester alle eingeladen. Nun habe ich doch diesen Vetter Erich in Köln wohnen, und den hab ich angerufen und gesagt, Erich, mir ist nach Humor. Du kaufst jetzt das Modernste und Teuerste, was der gesamte Scherzartikelmarkt hergibt, da soll es mir auf 'ne Mark fünfzig nicht ankommen. Hat Erich auch gemacht. Reiste mit einem Riesenkoffer an, meine Schwägerin kriegte gleich einen Schreck, sagt se, wat ist denn mit dir, Erich, willst du etwa länger bleiben?

Lachhaft! Bei der ist noch nie einer länger geblieben, nur mein Bruder, der Idiot. Die kann wirklich kein Mensch leiden, dat weiß se auch. Die Frau hat nur eine einzige menschlich-charakterliche Qualität, und dat ist Schnittchen machen. Also dat kann se. Schön so mit Gürkskes und Petersilie, dat sieht aus wie von dem Köhnlechner. Oder wie heißt dieser Fernsehkoch? Egal. Jedenfalls hatte se wieder ein astreines Büfett gezaubert, und da haben wir erst mal die Servelatwurstscheiben gegen Plastikexemplare ausgetauscht. Und dann stand da auffe Anrichte ein Riesenglas mit Pralinen. Da hatten wir nun ganz tolle Exemplare: Pralinen mit Senf, Knoblauch, Tabasco, und dann war da noch eine Sorte, wenn man die auspackte, dann war da innen noch mal Silberpapier, und da drin waren zwei so Pappschalen, und da war noch wat drin, also, wie soll ich dat jetzt erklären, et ist nicht direkt ein Luftballon, aber et ist völlig harmlos, weil, et dient dem Schutz, also friedlichen Zwecken! Und ausgerechnet unser Pastor muß dat inne Finger kriegen! Wie der da stand, dat Dingen inne Hand und meine Schwägerin anguckte, so vorwurfsvoll, so, wie ein Reh guckt, kurz bevor die Augen brechen, oder der Siegfried, der hat auch so geguckt, damals, an dieser Quelle, wo der Hagen ihn von hinten inne Niere ... oder unser Abel, der hat auch so geguckt, wie er von Kain einen auffen Hut kriegte, also genau wie die alle hat unser Pastor geguckt.

Der war so fertig, der Mann, der hat sich anschließend unheimlich einen reingetan, hat er immer getrunken: Weißwein cum Spiritus sanctus, kennen Sie dat? Dat ist Weißwein mit einem doppelten Doppelkorn drin. Sagte unser Pastor noch so: Man sieht ihn nicht, aber er ist spürbar gegenwärtig!

Nä, wat haben wir gelacht! Dat war fast so schön wie letzten Sommer, wie wir alle schwimmen waren. Da war doch noch Elisabeth Fieken mit, meine Nachbarin, diese geschiedene Lebedame, die so hinter mir her ist! Und die hatte doch einen ganz neuen weißen Badeanzug an, war se unheimlich mit am Strunzen, sagt se, dat ist der letzte Schrei! Der läßt die Sonnenstrahlen durch, da wird man nahtlos braun. Man darf aber nicht mit ihm ins Wasser, weil, dann wird er durchsichtig! Und da sagt Husemanns Willi, der dat Sportgeschäft hat, ganz laut zu unserem Pastor: Wat, Herr Pastor, dat wär wat! Jetzt einen Eimer Weihwasser und dat Dingen einsegnen! Ich bitte Sie, dat gehört sich doch nicht! Wir haben ja so gelacht, aber dat ist geschmacklos. Ich erzähl doch einem, der eine strenge Diät macht, auch nichts von Eisbein! Dat macht man einfach nicht. Naja, dann hatten wir noch zwei Pupkissen strategisch im Raum verteilt, ach ja, dieses Feuerzeug, wo man, wenn man dat betätigt, einen schweren elektrischen Schlag bekommt, tja, dat hatten wir nicht, dat war zu teuer.

Aber dat Bad hatten wir noch präpariert. Da hatten wir Seife, die die Hände schwarz macht, und unter der Brille war ein elastischer Plastikbehälter, mit Wasser gefüllt und mit einer schräg nach aufwärts gerichteten Düse. Und wenn man sich da nun so achtlos auf den Lokus fallen ließ, kriegte man einen scharfen Strahl mitten ins Vergnügungszentrum.

Dat dat nun ausgerechnet unsere Mutter erwischte, hatten wir natürlich nicht beabsichtigt. Fing die da plötzlich auffe Keramik an zu kreischen. Nä, nä, so ein Spaß! Dat war beinahe wie damals, als mein Bruder auf Hochzeitsreise ging, da hab ich dem doch vorher heimlich diesen durchsichtigen schwarzen Büstenhalter ins Handschuhfach geschmuggelt! Ich sage Ihnen, dat muß einen derartigen Zoff gegeben haben, weil, er hat nie wat erzählt! In diesem Sinne.

Hubert Lippenblüter und der Single-Urlaub

Ich habe ja letztes Jahr einen sogenannten Single-Urlaub absolviert in so einem Club auf Sizilien. Sind wir in so einen Jumbo gestiegen, und wie der oben war, hab ich mir erst mal 'ne schöne Zigarre angemacht, der neben mir war unheimlich am Husten, und ich sag noch so im Scherz, machen Sie doch dat Fenster auf! Und dann kommen doch immer die Krankenschwestern mit den Erste-Hilfe-Wägelchen durch, und da hab ich mir ein schönes Bierchen bestellt und will gerade trinken, fallen wir in ein Luftloch, dat heißt, nur ich, dat Glas und die übrigen Urlauber. Mein Bier blieb oben. Und wie et mir gerade nachkommen will, sitzt schon mein Nachbar drunter, der mit diesem Husten. Und ich sag noch im Scherz, ist wohl nicht Ihr Tag heute? Den hat dann auch später die einzige Qualle gebissen, die in diesem ganzen Urlaub gesichtet wurde.

Na ja. Wir sind dann vom Flughafen aus in einem Bus durch dat gesamte Land bis zu diesem Gelände geschaukelt worden, und auf dieser Fahrt kriegt man schon den ersten schlechten Eindruck von den Italienern. Die sind ja nur am Hupen! Wo andere Autos einen Knopf zum Hupen haben, haben die einen Knopf, um die Hupe kurzfristig zu unterbrechen! Furchtbar! Und dann vor den Häusern, in diesem ganzen Staub und Benzingestank, sitzen die ganzen Omas und Opas oder besser Matronen und Patronen, wie et auf italienisch heißt, und rühren sich nicht! Die tun nichts! Wenn se ja noch wenigstens wat Ruhiges auffem Schoß hätten, eine Stickerei oder eine Briefmarkensammlung, dat man wenigstens den guten Willen sähe! Aber nix! Die brauchen sich doch gar nicht zu wundern, dat se so alt werden.

Dat einzige, wat man ab und zu sieht, ist, dat se ein Kind hätscheln. Wahrscheinlich, weil se den Generationskonflikt nicht wahrhaben wollen.

Und dann waren wir endlich da, in diesem Club. Und da gab et überhaupt keine Sizilianer. Nur Skandinavier, Holländer, Amerikaner, Italiener aus Rom und uns Deutsche.

Die Skandinavier erkennt man daran, dat se so ähnlich sprechen wie die Holländer und immer voll sind, wie ein Schwamm. Dat liegt aber, hab ich mir sagen lassen, an deren mittelalterliche Alkoholgesetzgebung. Die Holländer sprechen, wie gesagt, so ähnlich, und wenn man se fragt, ob se Rudi Carrell kennen, gehen se weg und sprechen nicht mehr mit einem. Die Amerikaner sind alle über 60 und so ähnlich gekleidet wie der Papagei von Husemanns Willi, der dat Sportgeschäft hat. Und die Italiener aus Rom benehmen sich, als ob se zu Hause wären, und haben alle 12 Kinder. Und diese Kinder dürfen alles, bis hin zur Belästigung der anderen Urlauber, ihrer eigentlichen Ernährer!

Ansonsten ist Sizilien landschaftlich ja wunderschön. Besonders für Feuerschlucker. Also, wenn der Ätna mal richtig aufstößt, kann sich so'n Mann ja vollhauen bis zum Stehkragen. Den Witz kennen Sie ja, dat da auch der berühmte Glühwein wächst. Na ja. Ach so, die Deutschen. Die erkennt man daran, dat se immer am Meckern sind.

Lag ich so friedlich am Swimmingpool, und da ließen drei ältere Damen so ganz stikkum dat Oberteil von dem Bikini fallen. Und ich denk noch, na ja, aber wenn dat am dürren Holze geschieht, dann wird dat ja wohl am grünen Holze auch noch kommen. Da schrie aber schon so'n Familienvater aus dem Ruhrpott ganz laut, sag mal einer die Quarktaschen, se sollen sich wat drübertun, meine Jungs kriegen ja einen Schock fürs Leben! Dat ist doch keine Art!

Aber Sie fragen sich natürlich verschärft, wat erlebt ein Hubert Lippenblüter im Urlaub mit Frauen?

Ja, dat hab ich mich dann auch gefragt. Na ja, mit einer Italienerin schon mal gar nichts, wegen der Blutrache, der sogenannten Siesta, die ja bekanntlich immer dann abgehalten wird, wenn man ein Mädchen anspricht, ohne se vorher geheiratet zu haben. Und ansonsten kennen Sie doch selbst diesen bitteren Geschmack im Mund, den so ein flüchtiges Erlebnis hinterläßt. Ich hab mich da viel mit einem Herrn aus Berlin drüber unterhalten, wir haben immer das Gute-Nacht-Tröpfchen an der Bar gemeinsam eingenommen, und dat waren eigentlich die schönsten Momente in diesem Urlaub, dieset Gemisch aus süße Bitternis, wie se einen nach einem unerfüllten Tag beschleicht, dann einen leichten Sonnenstich, einen sanften Rausch und dieset Gefühl, dat man im Grunde die beiden einzigen anständigen Kerle auffem ganzen Gelände ist. Dat ist wat. In diesem Sinne.

Hubert Lippenblüter und die Herrenkosmetik

Letztens saß ich beim Arzt mit meiner halbjährlichen Grippe, und ich kriege dann ja immer gleich unheimlich dicke Mandeln, obwohl ich gar keine mehr habe, dat ist ein sogenannter Phantomschmerz, hat der Doktor mir mal erklärt, jedenfalls war dat Wartezimmer proppenvoll, und nun liegen ja in einem Wartezimmer immer jede Menge uralte und meistens völlig uninteressante Zeitschriften rum, aber wat soll man machen, und da stieß ich auf einen Artikel: Ein Spritzer, und jede Frau wird schwach! Dat war die Überschrift. Na, ich denke, wat soll schon sein, wahrscheinlich eine Reportage über einen weibstollen Bademeister, aber nein, da hat eine amerikanische Firma ein Liebeswässerchen erfunden, mit einem Bestandteil von einem männlichen Hormon, und da heißt et: «Es sendet ein starkes Signal an das sexuelle Unterbewußtsein der Frauen aus.» Also mit anderen Worten, ich sprühe mir dat unter die Achseln und sofort verfällt mir, ohne dat se weiß warum, jede Frau, also unter anderem auch Fräulein Liesenkötter, die Lehrerin von nebenan. Und die will dann, entgegen ihren sonstigen Gepflogenheiten, auch kontrollieren, ob mein Bett ordentlich gemacht ist. Dat ist natürlich eine ulkige Vorstellung.

Kostet 65 Mark, so 'ne Flasche. Im ersten Moment denkt man, ich gebe dat offen zu, Donnerwetter, wat für eine interessante Offerte, zumal se in meinem Bekanntenkreis sowieso immer meckern, wat ich für ein billiges Aftershave nähme. Sagt Husemanns Willi letztens noch im Kühlen Grund, Hubert, du riechst wie in einem Freudenhaus. Ich sage, Willi, sag ich, wenn du dat sagst, wird dat schon stimmen, ich kann da nicht mitreden, aber du kannst mich ja mal einladen, hast doch bestimmt eine Seniorenmonatskarte! Oh, wat wurde unser Willi da stinkig, zumal der Pastor danebenstand und ganz lange Löffel machte. Dat hatte ich nun aber wirklich vorher nicht gesehen, tat mir auch sofort leid für Willi, weil, wenn er dat nächste Mal beichten kommt, fragt der Pastor sicher am Schluß, na, mein Sohn, war da nicht vielleicht noch etwas, worüber wir sprechen sollten? Wat ich wiederum verstehe, der Mann gönnt sich ja sonst nichts.

Trotzdem ist et doch ulkig, dat dat geflügelte Wort: Sage mir, wie du riechst, und ich rieche, wer du bist, so ganz ohne auch nicht ist. Denn wer z. B. intensiv nach Teer riecht, der ist mit hoher Wahrscheinlichkeit beim Straßenbau zugange, wer nach Fisch riecht, ist Fischer, oder, wenn dat Ganze im Binnenland spielt, arbeitet er in einem Fischgeschäft. Und dann sagte Willi, weil er immer noch sauer war, ja, und wer nach Schweiß riecht, kann trotzdem Beamter sein. Dat ging auf mich, weil ich doch bei der Post bin, ich hab aber gar nix entgegnet, mir ging et ja um dat Thema, nämlich diese Unterbewußtseinstropfen, den Artikel hatte ich mir extra rausgerissen aus dieser Zeitung, denn et stellen sich ja doch etliche Fragen: Ist der Wirkstoff auf den weiblichen Menschen beschränkt, oder rennen etwa auch alle Hunde- und Katzenmädchen hinter einem her? Muß man die Tropfen nach einer bestimmten Zeit erneuern, weil se abrupt aufhören zu wirken, so daß die Dame nach, sagen wir mal anderthalb Stunden, mit einem «Huch, wer sind Sie denn?» hochfährt, noch mal kurz schnuppert und dann kopfschüttelnd die Flucht ergreift? Wat ja mitunter dat Verkehrteste auch nicht ist. Oder, wat nun wirklich tragisch sein könnte, wirkt dat Parfüm vielleicht zwölf Stunden ununterbrochen, also auch, wenn man längst keine Reserven mehr hat, um seinem Odeur gerecht zu werden? Und dann wäre et ja auch denkbar, dat, wenn die Erfindung sich allgemein durchsetzt, jeder zweite Kerl dat anlegt und die Frauen dat gleich erkennen. Und dann steht man harmlos anne Theke, kriegt eine geknallt, und eine Dame schreit, Unverschämtheit, wie riechen Sie denn, ich bin eine anständige Frau!

Also Fragen über Fragen! Und dann eben der Preis! 65 Mark. Wie lange hält dat denn vor? Da stand zwar, «Macht Sie für fünf Monate zum unwiderstehlichsten Mann der Welt», aber dat gilt wahrscheinlich nur für den Durchschnittsmann. Wat ist, wenn die Geruchssinne nun zweimal im Monat mit mir durchgehen oder gar noch öfter, dann komm ich ja auf fünf Flaschen im Jahr! Sehen Sie, immer erst gründlich nachdenken, bevor man die Industrie an diese Grauzone zwischen Wollen und Können ranläßt! In diesem Sinne.

Hubert Lippenblüter und die Beerdigung

Ist doch letztens Schwieten Willy von uns gegangen, den kennen Sie doch, der war ja nun auch schon, warten Sie mal, ja, 73, hat aber bis zum letzten Tag in seinem Tante-Emma-Laden gestanden, oder in seinem Fall sagt man vielleicht besser «Onkel-Willy-Laden», ja und da hat ihm praktisch mitten in seine Kartoffeln und Jonathanäppel der Sensenmann seine Sanduhr umme Ohren geschlagen. Herzschlag.

Und Sie können mir sagen, wat Sie wollen, da hat dieser Supermarkt ein gut Teil Schuld dran, da hat er sich drüber totgeärgert, da geh ich nicht von ab. Er war ja nun auch noch ein Handelsmann von altem Schrot und Korn, mit Anschreibenlassen, immer ein «Wie geht's denn» auffe Lippen, für die Kinder immer ein Bömmsken aus den großen Glas auffe Theke, ein, wie sagt man, allseits beliebter Mitbürger.

Der Pfarrer hat auch wieder schöne Worte für ihn gefunden in seine schlaue Bibel, da mußte sogar ich schlucken, auch vonne Dramaturgie her war et sehr eindrucksvoll, weil sich gerade, als wir alle losmarschierten, um dat Schäufelchen Sand auffen Sarg zu tun, der Himmel verfinsterte. Dann fing et allerdings furchtbar an zu plästern, dat hätte nun wieder nicht sein müssen, prompt hörten auch die ganzen Verwandten auf zu weinen und flüchteten im Geschwindeschritt ins Friedhofscafé, und dann kamen wir zum geselligen Teil des Nachmittags. Ich weiß nun nicht, ob dat gerade bei uns im Sauerland eine spezifische

Eigenart der Hinterbliebenen ist, sich schon beim Kaffee anzugiften, warum der nun dat und man selbst dat nicht ausse Erbmasse gekriegt hat, wahrscheinlich geht dat in anderen Völkern ähnlich zu, aber die Unverblümtheit, mit der dat Interesse von dem teuren Verblichenen zu dem teuren Verbliebenen umschwenkt, hat doch etwas Erschrekkendes an sich. Dat ist allerdings auch so ein Punkt, wo ich den Gesetzgeber nicht verstehe. Wenn ich also z. B. von uns gehe und habe dat nicht geplant, also kein Testament gemacht, in dem ich nun ganz genau regele, wer wat kriegt, dann kriegen dat meine Verwandten, also erst mal unsere Mutter und mein Bruder in Paderborn, der ist ja da so unglücklich verheiratet. Aber dat wird jetzt immer schlimmer, ich muß da jetzt auch noch mal hin, die Tage, vielleicht ist da noch wat zu retten, und er läßt sich scheiden. Ich meine, es heißt ja immer, was Gott zusammengefügt hat, soll der Mensch nicht scheiden, aber ich frage Sie, wer soll et sonst machen, und außerdem kann ich nicht gut glauben, dat der liebe Gott meinen Bruder, der ein herzensguter Mensch ist, nur ein bißchen dusselig, mit so einer bösartigen Schreckschraube zusammengefügt haben soll. Also mein Bruder kriegt wat, dann mein Vetter Erwin weiß ich nicht und dann die Tanten und Onkels wohl hoffentlich nichts, die kann ich nämlich nich ab. Aber der Gesetzgeber sagt ja wohl, dat die Verwandten ein Pflichtteil kriegen müssen, und dat ist doch wohl sehr ungerecht. Meinen Bruder kann ich ja nun gut leiden, aber meine Schwägerin kann ich auf'n Tod nicht ab, und wie ich se kenne, nimmt se ihm sofort alles weg, da ist es schon besser für ihn, er kriegt gar nix. Wenn ich aber nun alles Fräulein Liesenkötter vermachen würde, meiner stillen Liebe, also nur mal angenommen, dann würde se gar nicht alles kriegen, sondern mein Bruder einen Pflichtteil, den ihm dann meine Schwägerin sofort wieder wegnimmt. Also da hätte ich doch keine ruhige Minute in Himmel, wenn ich dat von oben alles hilflos mitansehen müßte. Und wer kann schon seine Verwandten leiden. Da gibt es doch diesen schönen Witz inne Tschechoslowakei, wo einer fragt, warum heißt es immer, unser Bruder Sowjetunion und nicht unser Freund Sowjetunion, und der andere sagt, ja, sagt er, Freunde kann man sich aussuchen. Aber genau. Und aus dieser Atmosphäre der ehrlich empfundenen Abneigung gegeneinander, wie se nur die Blutsbande zustande bringt, nee, bringen muß et ja heißen, aber Bande ist das richtige Wort, kommt dann diese einmalige Stimmung beim Kaffeetrinken nache Beerdigung zustande.

Bei Schwieten Willy war es nun ganz schlimm, der hatte alles der Kirche vermacht. Nun hat der Gesetzgeber ja da, und dat ist wieder gut, die Möglichkeit geschaffen, den Toten für unzurechnungsfähig erklären zu lassen, wenn er Gründe dafür geboten hat. Nun hatte Schwieten Willy in seiner Verwandtschaft mütterlicherseits einige nachgewiesene Fälle von Schwermut, und da sind die zwei Brüder, die sind auch schon über 60, und die kleine Schwester, die ist erst 52, so 'n Nachkömmling, jetzt am Wirbeln, weil ihnen der Pflichtteil wohl zuwenig ist.

Und man soll gar nicht meinen, wat Willy in seinen arbeitsreichen Leben alles angehäuft hat! Da war von 120000 Mark die Rede und dat Haus und dat Grundstück, und dann alles an die Kirche, na alles was recht ist, da würd ich ihn auch für verrückt erklären. In diesem Sinne.

Hubert Lippenblüter und die Partnersuche

Letztens blättere ich zerstreut in einem Playboy, den muß wohl Husemanns Willi bei mir liegengelassen haben, weil, ich selbst würde mir ja so etwas nie kaufen, ist auch viel zu teuer, sehe ich doch da eine Anzeige: Der Schlüssel, um seine Traumfrau zu finden, ist die Partnersuche mit System. Dat war also so eine Computergeschichte, da mußte man einen sogenannten Kontaktcoupon ausfüllen und abschikken. Nun habe ich natürlich nicht die Absicht, nachdem ich so lange meine Ruhe hatte, mich auf die alten Tage mit irgendeiner Karteileiche zu vermählen, die da vielleicht schon jahrelang inne Grabbelkiste vor sich hinmodert, aber ich hatte den Abend sowieso nichts vor und wollte auch einfach mal gucken, wat eine so exklusive Zeitung ihren Stammlesern denn zu bieten hat.

Ich schenke mir also ein schönes dreifaches Schnäpschen ein, quasi gleichsam als chemischen Lügendetektor, und mach mich an dat Ankreuzen von den ganzen Merkmalen. Nun waren dat alles lauter so ungenaue Allerweltsfragen, also ich muß Ihnen sagen, dieses Formular bietet einer Ausnahmepersönlichkeit überhaupt keine Möglichkeit, sich als solche zu erkennen zu geben. Nehmen Sie nur mal mich! Beruf: Postbeamter, aber wat heißt dat schon? Ich hätte genausogut Konteradmiral oder Weihbischof werden können, also nur mal als Beispiel.

Die Grundidee mit dem Computer ist ja sicher nicht verkehrt, wenn man sich mal so anguckt, wie Ehen in freier Wildbahn zustande kommen. Nehmen wir mal an, ich wäre Orientale, dann ist dat nämlich schon mal Sache des Vaters. Der tauscht einem eine potthäßliche Braut preisgünstig gegen fünf Ziegen und 25 Leghornhennen ein, gibt's heut noch! Hierzulande geht es oft genug so, dat man sich in jemand anderen verliebt, und dat sind dann die schlimmsten Naturkatastrophen. Also, wie gesagt, die Idee ist gut, nur eben diese Ungenauigkeit. Spalte Haarfarbe, gut, mache ich ein Kreuz bei dunkelblond, aber meine Geheimratsecken fallen untern Tisch, dat ist doch nicht richtig, man sollte auch noch so kleine Mängel nicht verschweigen, wie beim Auto. Dann Hobby. Dat ist doch wichtig für eine Beziehung, dat muß der andere doch vorher wissen, damit er mit sich ins reine kommen kann, ob er die intellektuellen und charakterlichen Fertigkeiten mitbringt, um dem Partner in diesem Bereich Stab und Stütze zu sein. Mein Hobby war da gar nicht aufgeführt. Ich sammle Bierdeckel und habe immerhin die zweitgrößte Sammlung im gesamten Regierungsbezirk!

Na schön, ich habe jedenfalls alles, so gut et ging und so wahr mir Gott geholfen hat, beantwortet und weggeschickt und dann vergessen. Drei Wochen später, wat soll ich Ihnen sagen, kommt ein Brief von diesem Glücksspielinstitut. Sehr geehrter Herr Lippenblüter, unser Computer hat Ihre Traumpartnerin für Sie ermittelt. Die Beschreibung war ja soweit ganz vielversprechend, aber dann traue ich meinen Augen nicht. Konfession evangelisch! Nicht, dat man bei uns nicht tolerant wäre, letzte Woche habe ich mir im Kühlen Grund von einem Touristen, der sich als Protestant herausstellte, sogar einen ausgeben lassen, aber eine Heirat ist ja nun doch ein anderes Bier. Außerdem sollte man im Falle einer Gegenüberstellung im voraus eine stattliche Summe entrichten, und nirgendwo stand: Bei Nichtgefallen Geld zurück.

Wenn man wenigstens noch eine Auswahl gehabt hätte aus, sagen wir mal, fünf Damen in verschiedenen Größen, dann hätte man sich wenigstens dat kleinste Übel aussuchen können, aber so! Ich sag immer, alte Liebe hastet nicht, und ich kann mich sowieso kaum retten vor Fräulein Liesenkötter z. B. Gar nicht zu reden von Elisabeth Fieken, meiner Nachbarin, diese geschiedene Lebedame. Wegen der hab ich mir jetzt sogar ein Sicherheitsschloß gekauft. Oder auch Lilli Weidenkamp. Nun ist die ja Witwe, aber ich sage immer, lieber der zweite Mann einer Witwe, als der erste! Nä, nä, ich glaube, ich werde rein spaßeshalber mal eine Zeitungsannonce aufgeben: Welche nicht unvermögende, reizvolle Dame möchte meinem einsamen Leben ein Ende bereiten? In diesem Sinne.

Inhalt